JN116689

Alice's Adventures in Wonderland

Lewis Carroll

translated by
Ryunosuke Akutagawa & Kan Kikuchi

annotated by
Yuten Sawanishi

芥川龍之介・菊池寛 共訳

完全版 アリス物語

ルイス・キャロル

澤西祐典 訳補・注解

Alice's Adventures in Wonderland
by Lewis Carroll
1865

Illustrations by Margaret W. Tarrant
1916

ALICE MONOGATARI
translated by Ryunosuke Akutagawa & Kan Kikuchi
1927

アリス物語は、一つの夢であります。
読んでいるうちに、児童の心を知らず知らず、
夢の国へつれて行ってしまう、物語であります。

菊池 寛

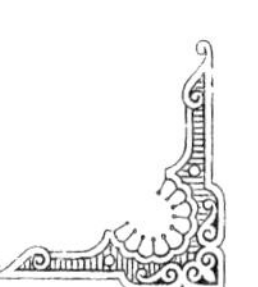

はじめに

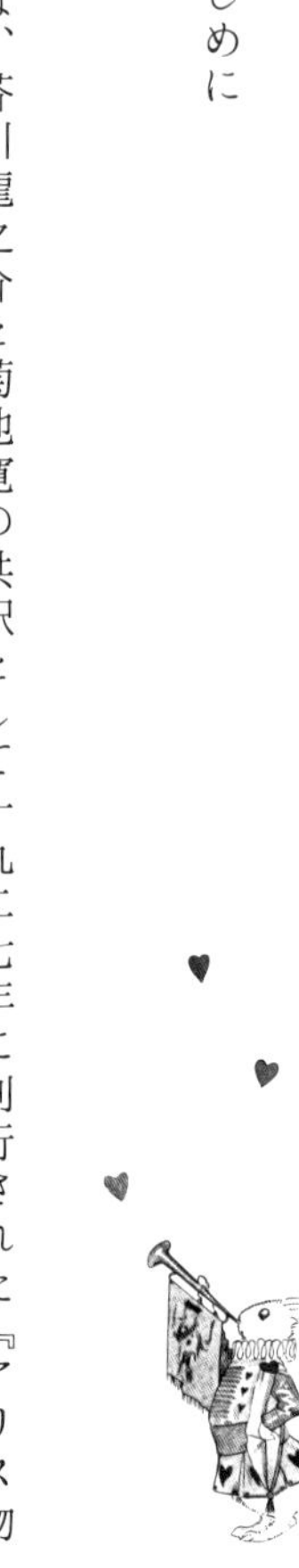

この本は、芥川龍之介と菊池寛の共訳として一九二七年に刊行された『アリス物語』の完全版です。『アリス物語』は、ルイス・キャロルの『不思議の国のアリス』を全訳したもので、興文社・文藝春秋社が少年少女のために編纂した『小學生全集』の一冊として発売されました。『不思議の国のアリス』の邦訳として、今なお高い水準を誇る名訳です。例えば、タルトが「お饅頭」になるなど、お菓子を和菓子になぞらえている箇所もあれば、アリスが「変ちきりん、変ちきりん」と叫ぶなど、原文の味わいを見事に訳出している部分もあります。また、アリスが出逢う不思議な生き物たちが、活き活きとしたオノマトペをまとって躍動する様には、文豪の筆遣いが感じられます。

そこに「完全版」と謳ったのは、『アリス物語』にはいくつか脱落している箇所があり、その部分を補ったからです。新たに翻訳した箇所については必ず注釈を施し、それとわかるようにしています。また、味わいのある表現や芥川・菊池に関するエピソードを想起させる箇所にも注釈をつけ、芥川龍之介・菊池寛の『不思議の国のアリス』を存分に楽しんでいただけるよう工夫を凝らしています。

挿絵には、イギリスの挿絵画家マーガレット・タラントが描いた『不思議の国のアリス』の挿絵（一九一六年発表）を採用しました。タラントのイラストは当時の日本でも好評を博したらしく、北原白秋訳『まざあ・ぐうす』にも挿絵として彼女の絵が採られています。また、大正期に出版されたアリス本には、タラントの影響を受けた挿絵が多く掲載されています。実は、かくいう芥川・菊池共訳『アリス物語』にも、マーガレット・タラントの『不思議の国のアリス』の挿絵を参考にしたものが用いられていたのです。いわば本書は、芥川・菊池が仰ぎ見た『不思議の国のアリス』を再現したもので、その意味でも「完全版」とさせていただきました。

巻末には『アリス物語』刊行当時の状況や趣きを伝えられるよう、図版をまじえた解説も附しています。

ぜひ、本書のすみずみまでお楽しみ下さい。

澤西祐典

はじめに　4

一　兎の穴に落ちて　9

二　涙の池　23

三　コーカスレースと長い話　37

四　兎が蜥蜴のビルを送り出す　51

五　芋虫の忠告　69

六　豚と胡椒　85

七　気違いの茶話会　103

八　女王の球打場　121

九　まがい海亀の物語　139

十　海老の四組舞踏　155

十一　誰がお饅頭を盗んだか　171

十二　アリスの証言　185

注釈　203

解説　241

文豪たちのアリス――〝お饅頭〟はどこからやって来た？　244

♥イラスト
マーガレット・タラント

♥カバー図案
せきぐちよしみ

♥デザイン
原条令子デザイン室

♥編集
橋本彩乃（グラフィック社）

完全版　アリス物語

一　兎(うさぎ)の穴に落ちて

アリスは姉様と一緒に、土手に登っていましたが、*何にもすることがないので、すっかり厭(あ)き厭(あ)きして来ました。一、二度姉様の読んで居(い)た本を覗いて見ましたけれど、それには絵も、お話もありませんでした。「こんな御本(ごほん)、何になるのだろう。絵もお話もないなんて。」と、アリスは考えました。

それでアリスは、暑さにからだがだらけて、睡(ねむ)くなって来るのをおさえるために、出来るだけ一生懸命*心の内で、一つ起き上がって花環(はなわ)を作る雛菊を摘みにでも行こうか、どうしようかと考えて居ました。するとその時、突然(だしぬけ)に桃色の目をした白兎が、アリスのすぐ傍(そば)を駈(か)けていきました。

しかし、*これだけのことなら、別に大して吃驚(びっくり)するほどの事はありませんでした。

又（また）アリスはその時兎が独語（ひとりごと）に「おやおや大変、遅れてしまう。」と言ったのを聞いても、「おや変だな。」とも思いませんでした。（後でよく考えて見ると、このことは不思議なことに違いなかったのですが、その時は全く当たりまえのように思ったのでした。）けれども兎がほんとに、チョッキのポケットから、懐中時計をとりだして、それを見てから、急いで走っていきましたとき、思わずアリスは飛び起きました。何故といってアリスは、兎がチョッキを着ていたり、それから時計をとりだすなんて、生まれて初めて見たのだと云（い）うことに気がつきましたから。で、珍しいこともあればあるものだと思って、兎の後を追って、野原を走っていきました。そして兎が丁度（ちょうど）、生垣の下の大きな兎の穴の中に、入りこんだのをうまく見とどけました。*

すぐにアリスは兎の後をつけて、入っていきました。しかしその時は、後でどうして出るなんてことは、少しも考えて居ませんでした。

兎の穴は、少し許（ばか）りトンネルのように、真直（まっすぐ）に通って居ましたが、それから急に、ずぶりと陥（すべ）り込みました。あまりだしぬけなものですから、アリスは自分の身を止めようと思う間もなく、ずるずると、その大層深い井戸のようなところへと、落ち込んでいきました。

井戸が大変深かったためか、それともアリスの落ちて行くのが、ゆっくりだったたせ

MWT

いか、兎に角、下りて行く間、アリスはあたりを見廻したり、これから先、どんな事が起こるのかしらと、不審がったりする暇が沢山ありました。先ず第一に、アリスは下を見て、どんなところへ来たのか、知ろうとしましたけれど、余り暗いものですから、何にも見ることが、できませんでした。そこで、井戸の周囲を見ると、そこは、戸棚だの本棚だので、一杯でして、あちらこちらには、地図や絵が、釘にかけてありました。アリスが通りすがりに、一つの棚から壺を下ろすと、それには「橙の砂糖漬*」と云う札が貼ってありましたが、アリスが残念に思いましたことには、空っぽなのでした。アリスはその壺を、下にほうり込もうと思いましたけれど、下に生物でも居たら殺す心配がありましたので、止めて落ちて行きながら、途中にある戸棚に、やっとそれを載っけました。

「まあ。」とアリスは独りで考えました。「こんな落ちかたをすれば、これからは二階から落っこちることなんか、平気の平左だわ*。そうするとうちの人なんか、わたしをずいぶん強いと思うことでしょうねえ。まあ、わたし屋根の頂辺から落ちたって何にも言いやしないわ。」（これは実際ほんとでしょう。と云うのは屋根から落ちたら何にも言うどころではありませんから。*）

　下へ、下へ、下へ。一体どこまで落ちて行っても、限がないのじゃないか知ら。「もう何哩位（なんまいるくらい）落ちて来たのかしら。」と、アリスは大きな声で言いました。「きっと、地球の真中（まんなか）近くに来かかって居るに違いないわ。ええと、たしか、四千哩（まいる）下が、真中（まんなか）だったっけ――。」（ちょうどアリスは学校の課業でこんな風なことを習ったばかりでした。けれども誰も聞いてくれる人なんか居ませんでしたから、アリスの学問のあることを見せるに、大層良い機会ではありませんでしたけれども、矢張（やは）りそれを繰り返すということは、よいお復習（さらい）でした。）「そうだ、もう丁度それ位の距離になるわ――けれど一体、わたしはどの辺の緯度と経度に居るのか知ら。」（アリスは緯度や経度が、どんなものであるか少しも分かっては居ないのでしたけれども、そう云う言葉は大層素晴らしいものだと思ったからでした。）

　そして直（す）ぐ又、アリスは独語（ひとりごと）を続け始めました。「わたし地球を真直（まっすぐ）にぬけて落ちるのか知ら。逆立（さかだち）して歩いて居る人たちの間へ、ひょっこり出たら随分（ずいぶん）面白いだろうな。あれは反対人（アンティパシーズ）だわ（対蹠人（アンティポディーズ）とまちがえた）*――」（何だかその言葉が間違って居る様でしたから、今度は誰も聞き手がないのをアリスは幸いだと思いました。）「けれど、わたしその人達に、その国の名は何というのですかと、尋ねなければならないわ。もし奥様、この国はニュウジーランドですか、それとも、オーストラリヤですかって。」（こう言いながら、アリスは腰をかがめてお辞儀をしました。あなた方が宙を落ちて居るときに、お辞儀をすると、仮に思ってごらんなさい。そんなことができると思いますか。）

「でも、そんな事訊（き）いたら、向こうじゃわたしを何にも物を知らない娘だと思うわ。いいえ、訊いたりなんかしちゃいけない。多分どこかに書いてあるのが、見つかるに違いないわ。」

　下へ、下へ、下へ。外（ほか）にすることがありませんでしたから、また直（じき）にアリスは、お話を始めました。「ディナーは、今夜わたしが居ないので、ずいぶん淋（さび）しがってるでしょうね。（ディナーは猫の名でした。）お茶の時に家（うち）の者が、牛乳をやることを忘れないでくれればいいけれど、ディナー、お前も今此処（ここ）でわたしと一緒にいてくれるんだと、いいんだけれどねえ。宙には鼠（ねずみ）は居ないかも知れないが、蝙蝠（こうもり）なら捕まえられるわ。蝙蝠は鼠によく似て居るのよ。けれど猫（キャット）は蝙蝠（バット）を食べるか知ら。」するとこう言って居る時アリスは、少し眠くなりだしたので、夢心地でしゃべり続けて居ました。「猫（キャット）は蝙蝠（バット）を食べるか知ら。猫（キャット）は蝙蝠（バット）を食べるか知ら。」そして時々、「蝙蝠（バット）は猫（キャット）を食べるか知ら。」と言いました。アリスにはどちらの質問にも、答えができないのでしたから、どう言っても、大して変わりはありませんでした。アリスはそのとき、うとうとと眠りに入（い）った気がしましたが、その中（うち）ディナーと手をつないで歩いて居る夢を見て、大層まじめくさって、こんな事を云っていました、「さあ、ディナー、ほんとのことをお言い、お前蝙蝠を食べたことがあって。」このときアリスは、突然、枝だの、枯葉だの積んである上へと、どしんと落ちました。これで落ちるのもおしまいになりました。

　アリスは、少しの怪我もしませんでした。そしてすぐに起（た）ち上がって、上の方を見ましたが、真暗（まっくら）でした。アリスの眼の前に長い道が、一つ通って居りました。そしてやはり例の白兎が、急いで其処（そこ）を下りて行くのが見えました。一分だってぐずぐずして居られません。風のように、アリスは飛んで行きました。すると丁度兎が角を曲がるとき、こう呟いたのが聞こえました。「おお耳よ、髭*よ、何と遅れたことだろう。」アリスは、兎が角を曲がるまでは、直ぐその後ろに居たのでしたが、曲がってみると、もうその影も形もありませんでした。そしてアリスは、自分が今長っ細くて、天井の低い広間に居るのを知りました。そしてその広間は、屋根から下がって居る一列のランプで照らされて居（お）りました。

　広間の四方には、扉がありましたが、すっかり錠がかかって居りました。そしてアリスは、あちこちの扉の処（ところ）に行って、開けようとして見ましたけれど、開きませんので、どうしたらまた外に出られるか知ら、と思いながら、しおしおと真中（まんなか）の座に帰りました。と、不意にアリスは、小さい三本脚のテーブルにぶつかりました。それは全部硝子(がらす)で出来ていて、小さい金の鍵の外(ほか)には、何にも載って居りませんでした。アリスが先(ま)ず考えついたことは、この鍵は広間の扉のどれかに、合うだろうということでしたが、まあ残念にも、どの穴も余り大き過ぎ、そして鍵が小さ過ぎて、とにかくどの扉も開けられませんでした。けれども二度目に広間を廻ったとき、以前(まえ)には気づかなかった低いカーテンに、目が留まりました。カーテンの後ろには、約一尺五寸位の、小さい扉がありました。そこで小さい金の鍵を、穴に入れて見ますと、しっくり合いましたので、もうアリスは大喜びでした。

アリスは扉をあけました。すると、そこは鼠の穴位の、小さい出入口につづいて居りました。アリスが跪(ひざまず)いて見ると、その出入口の向こうには、今までに見たことのない程の、立派な庭園がありました。アリスはどんなにこの暗い広間から出て、綺麗な花床(はなどこ)の間をぶらついたり、冷たい泉の中を歩いたりしたかったでしょう。けれども、扉口(とぐち)から頭をだすことさえも、できないのでした。

「わたしの頭がでたって、肩が出なければ、何の役にも立たないわ。まあ望遠鏡のようにのびたり、ちぢんだりできるといいんだけれども、初めのやり方さえ、どうすればいいのだかわかれば、あとはわたし出来ると思うわ。」と可愛想なアリスは考えました。何故と云って、いろいろと珍しいことが、たった今しがたまでぞくぞく起こったのですから。アリスはほんとに、できないものなんて、この世の中にはめったにないものと、考え始めたのです。

この小さい扉の処にいつまでいても、何の役にも立たないように思いましたので、アリスは、テーブルの処に戻っていきました。ひょっとして、テーブルの上にもう一つ鍵が載っていたら有難いのだが、でなければ望遠鏡のように、人間をちぢめる規則が書いてある本があれば、などと思いながら、近づいてみました。すると、今度アリスがテーブルの上に見つけたものは、小さな瓶（かめ）でした。（「これは確かに前にやなかったわ。」と、アリスは言いました。）そしてその瓶の首には、大文字で綺麗に印刷された紙の札が貼ってあって、それには「お飲みなさい」と書いてありました。

「お飲みなさい」と書いてあるのは、大層有難いことでしたが、悧巧（りこう）なアリスは、あわてて、そんなことをしようとはしませんでした。「いいえ、わたし先（ま）ず初めにしらべて見なくちゃ、『毒薬』と書いてあるかどうか。」と、アリスは言いました。何故なら、アリスはこれまでに、火傷をしたり、怖ろしい獣に食われたりした子供の、いろいろなお話や、又は其の他のいやなことの書いてあるお話*を、読んで居ました。そしてこんな出来事は、みんなその子供がお友達から教えられた分かり易い法則を、覚えて居なかったからなのでした。その法則と云うのは、たとえて言えば、赤い焼火箸*を長く持って居ると、火傷をするとか、ナイフで指を大層深く切れば、いつも血が出るのだと云うことなのです。ところでアリスは「毒薬」と書いてある瓶の水を、沢山飲めば、遅かれ早かれきっと身体をこわすと云うことを、決して忘れずに居りました。

　けれども、此の瓶には「毒薬」と書いてありませんでしたから、アリスは思い切って、嘗めて見ました。すると、大層うまいものですから（それは桜桃の饅頭*だの、カスタードやパインアップルや七面鳥の焼肉や、トフィー、それからバタ附パンなどを、混ぜ合わせたような味でした。）アリスはすぐにすっかり飲んでしまいました。

※　※　※　※　※　※

「あら、何だか変な気がしてきた！　わたし望遠鏡のようにちぢまるに違いないわ。」
とアリスは呟きました。

　それは、実際その通りなのでした。アリスは今ではほんの一尺程しか丈(たけ)がありませんでした。そして、アリスはこの大きさなら、小さな扉を通って綺麗なお庭に行けると思ったものですから、アリスの顔は、ニコニコして居りました。けれども最初の中(うち)アリスは、自分はこれより小さくちぢむのじゃないか知らと思って、一寸(ちょっと)の間様子を見て居りました。アリスにとって、それは一寸気懸り(ちょっときがかり)な事でした。「なぜって、ことによると、おしまいには、私は蠟燭(ろうそく)みたいに消えてしまうんじゃないかしら、そうしたら一体何(ど)ういう事になるのだろう。」と、独語(ひとりごと)を言って居りました。そして、アリスは、蠟燭が燃えてしまってからは、蠟燭の炎は、どんな風に見えるか知ら、といろいろ頭の中で骨を折って考えてみました。それもその筈です。何しろアリスはそんな物を、今までに見た覚えがありませんでしたから。

　しばらくしてから、もう何にも起こらないのを知って、アリスは直ぐに庭園へ出ることにしました。ところが、まあ可哀想にアリスは、戸口に行きましたとき、小さな金の鍵を忘れて居るのに、気がつきました。で、それを取りにテーブルの処に引返しました。が、その時アリスは、鍵に手がとどかないのに気がつきました。しかもテーブルが硝子(がらす)で出来て居るものですから、*鍵はそのガラスを透かして、アリスに全くよく見えるのです。アリスはテーブルの脚の一本に攀じ上(よじのぼ)ろうと、一生懸命にやって見ましたけれど、つるつるしていて上れません。それで疲れ切って、可哀想にもアリスは、坐(すわ)り込んで泣き出しました。

「まあ、そんなに泣いたって仕様がないじゃないの。」と、アリスは一寸(ちょっと)鋭い声で自分に云いました。「たった今お止(や)め！」アリスは大抵、自分にこう云うよい忠告をするのでした。（けれども滅多に従ったことはありませんでした。）時によると、自分の眼に涙が出る程、手きびしく自分を叱ることがありました。アリスが或時(あるとき)自分相手に、球投げ遊び*をやって居ましたとき、自分が自分を騙したと云って、耳打(みみうち)をくらわせたことがありました。何故って、この変わりものの子供は、自分を二人の人間のように取り扱うのが、好きなのでした。「でも、今は二人の人間のように、振る舞うのは駄目だわ。」と、可哀想なアリスは考えました。「何故って、一人の立派な人間だけの、振舞(ふるまい)もできないんだもの。」

　不図(ふと)、アリスはテーブルの下に、小さな硝子の箱があるのに目をつけました。それを明けると、中には、大層小さな菓子*が入って居て、それには乾葡萄(ほしぶどう)で綺麗に「お食べなさい」と書いてありました。「ええ、食べるわ。」と、アリスは言いました。「これを食べて、わたしがモット大きくなるのなら、鍵に手が届くし、もっと小さくなれば、扉の下の隙間にもぐり込めるわ。どちらにしても、お庭に出られることになる。

DRINK ME
MWT

どっちになったって構やしないわ。」

アリスは一寸（ちょっと）食べました。そして心配になって独語（ひとりごと）をいいました。「どっちかしら、どっちかしら。」そう言いながら、どっちになるのだか知るために、頭の上に手を載せて居りましたが、驚いた事に、ちっとも変わりが起こらないのでした。真実（ほんと）のところ、人がお菓子を食べた時、そんな風に何も起こらないのが当前（あたりまえ）なのですが、アリスは今何かすれば、変わったことが起こるもののように、待ちうける癖がついてしまったものですから、何でもあたり前通りになって行くと、全く退屈で馬鹿らしく思うのでした。

そこでアリスは又、せっせと食べだして、間もなくすっかり食べてしまいました。

二　涙の池

「変ちきりん、変ちきりん。」*とアリスは叫びました。（余り驚いたものですから、アリスはその時、もっと正しい言葉を使うことを忘れてしまったのでした。）「今度は世界一の大きな望遠鏡のように、むやみと伸びるわ。足さん、左様(さよう)なら。」（何故って、アリスが下を見ると、足は最(も)う見えなくなるほど、ズッと遠くへ行って居(お)りました。）「まあ、可哀想な足さん。誰がおまえに、これからは靴や靴下をはかせてくれるのか知ら。わたしにはできないと思うわ。わたしお前と余り遠く離れ過ぎてしまったら、面倒なんか見て上げられないわ。お前はお前で、出来るだけ旨(うま)くやっていかなければ駄目よ。――でもわたし間違いなく親切にして上げなけりゃ。」とアリスは思いました。「それでないと、わたしの歩きたい方へ歩いてくれなくなるから。そうねえ、わたしクリスマスの度毎に、新しい靴を買って上げよう。」

そこで、アリスはどういう風に贈物をしようかと、独りでその方法を考えてみました。「配達屋さんに、持って行ってもらわなきゃならないわ。」とアリスは考えました。「自分の足に贈物をとどけるなんて、まあ何んなに滑稽だろう。その名宛ときたら、ずいぶんヘンテコなものだわ。

炉格子付近敷物町
　アリスの右足様
　　　アリスより＊

「まあ、なんてつまらないことを言って居るのだろう。」

丁度この時、アリスの頭が広間の天井にぶつかりました。実際アリスはこの時、九尺以上も背がのびていたのでした。アリスは早速小さな金の鍵をとり上げて、庭の戸口へと急いでいきました。

可哀想に、アリスは、今では横に寝ころんで、片目で庭をのぞくのが関の山でした。ぬけだすことなど、ますますむずかしいことでした。それでアリスは座り込んで又泣き始めました。
「お前恥ずかしく思わないかい。」とアリスは言いました。「お前のような大きな女の子が、こんなに泣くなんて。（そう言っていいくらい彼女は大きいのでした。*）すぐと泣くのをお止（や）め。」そのくせアリスは相変わらず、何升（なんじょう）となく涙を流しながら、泣きつづけました。それでとうとうアリスの身の廻（まわ）りに、一つの大きな池ができて、四寸位（くらい）の深さになりました。そして広間の半分位までとどいて行きました。

しばらくすると、遠くでパタパタと小さな足音がするのを、アリスは聞きました。それで、アリスはあわてて目を拭いて、何が来たかと見つめました。それは例の白兎なのでした。片手に白のキッド皮の手袋をもち、片手には大きな扇子を持って、立派な服を着て戻って来たのでした。兎はぶつぶつ独語（ひとりごと）を言いながら、大急ぎでピョンピョン跳んで来ました。*「オオ、公爵夫人、公爵夫人、オオ、あの方を待たしたら、お怒りが大変だろうな。」

アリスはもうその時すっかり困り切って、誰でもよい、助けを頼もうと思って居たところでした。それで兎がアリスの側（そば）へ近くやって来ましたとき、低いビクビクした声で、「もしお願いですが――」と言い始めました。兎はびっくりして、ひどく跳び上がって、そのはずみにキッドの手袋と扇子を落として、*一生懸命暗闇の中へ、駈（か）け出して行きました。

　アリスは扇子と手袋を、拾い上げました。広間の中が大層暑いものですから、アリスは、始終扇子で煽ぎながら、話しつづけました。「まあ、まあ、今日は、何て珍しいことばかりあるんだろう。昨日なんかは、何もかも、いつもと変わりなかったわ、わたし一晩の中に、別の者に変わってしまったのか知ら。ええと、わたし今朝起きたとき、いつもと同じだったか知ら、何だか少し違った気持がして居たようにも思えるけど。でもわたし、同じ人間でないとしたら、それじゃわたしは、一体誰だということが、問題になってくるわ。アア、それは大変な考え物だ。」それでアリスは、自分と同じ年頃の子供の中、誰と変わったのかと思って、知って居る子供達を、あれかこれかと考えてみました。

「わたしアダでないことは確かよ。」とアリスは言いました。「何故って、あの方の髪は、長い捲毛だけれど、わたしのはちっとも捲毛でないんだもの、それかといってわたしメーベルでもないわよ。だってわたし、こんなに物識りなのに、ほら、あの子はほんのぽっちりしか物を識っていないじゃないの。それに、あの人はあの人で、わたしはわたしだわ——マア何だかすっかり分からなくなって来た。ええと私、今まで知っていた事をちゃんと知っているか、試してみよう。四五の十二、四六の十三、それ

から四七の――おやおや、こんな割合じゃ二十に届かないじゃないの。でも、九九なんか面白くないわ。地理をやりましょう。ロンドンはパリーの都で、パリーはローマの都で、ローマは――だめだわ。みんな間違って居るわ。わたしメーベルと変わってしまったに違いないわ。わたし『小さな鰐（わに）が――』を唄ってみよう。」そう言って、アリスは両手を前垂（まえだれ）の上で組み合わせて、丁度学校で本でも読むように、歌をくり返し始めました。けれどもアリスの声はしゃがれた妙な声で、文句がいつものようにでてきませんでした。

小さい鰐（わに）がピカピカと、
　光る尻尾（しっぽ）をうごかして、
ナイルの水をかけまする、
　金の鱗（うろこ）の一枚ずつに。
さも嬉しげに歯をむいて、
　きちんと拡げる肢（あし）の爪、
小さい魚を喜び迎える
　にっこりやさしい顎（あご）開けて。

「これでは確かに文句が違ってるわ。*」と可哀想にアリスは言いました。そして、眼の中には涙を一杯ためて、又言いつづけました。「わたしとうとうメーベルになったに違いないわ。わたしこれからは、あの汚い小さい家に行って暮らさなければならないのかしら、そしておもちゃなんて、ろくにありやしないのだ。そしてまあいつでも沢山御本（ごほん）を読まされるんだわ。いいえ、わたし決心しちまった。若（も）しわたしがメーベルになったのなら、ここに座ったままで居るわ。みんなが頭を下げて『さあ、こちらへお出（い）で』と言っても、言うことを聞いてやらないわ。わたしは上を向いたきりで言ってやろう。『でもわたしは誰なのですか。それを先に言って下さい。そしてわたしが好きな人になって居たのだったら、わたし行くわ。そうでないなら、わたし誰か他の人になるまで、ここに座ったままで居るわ。』って。――でも、ああ何て事だ。」アリスは急に涙をドッと出して泣き出しました。「みんなお辞儀をして来てくれるといいんだが。*わたし此処（ここ）に独りぼっちで居ることは、あきあきしてしまったわ。」

　こう言ってアリスは、ふと自分の手を見ました。すると驚いた事には、喋って居る内に、自分が兎の小さいキッドの白手袋をはめてしまって居るのを知りました。「わたしどうしてこんなことができたのだろう。」とアリスは考えました。「わたし又小さくなったに違いないわ。」アリスは起ち上がって丈をはかりに、テーブルの処へと行きました。するとなるほど、思った通り二尺ばかりの背に、なって居りました。そしてまだずんずん縮みかけて居りました。アリスは直ちに、これは扇子を持って居るからだということに気がつきましたので、あわてて扇子を投げだして、身体がすっかり縮み込んでしまうのを、やっと免かれました。

「まあ、ほんとにあぶないところだった。」と、アリスはこの急な変わり方に、大層驚きながらも、自分の身体がまだなくなってしまわなかったのを、喜んで言いました。「さあ、それじゃお庭に行こう。」アリスは大急ぎで、小さな扉口の処へ引き返して来ました。ところが、おや！　その戸は又、元通りに閉まって、小さな金の鍵は前のように、ガラスのテーブルの上に載っているではありませんか。「これでは前より悪くなったことになるわ。」と可哀想な、この子は考えました。「わたしこんなに小さくなったことなんか、決してありやしないわ。ほんとに。これじゃあんまりひどいわ。」

　こう言ったとき、思わずアリスはするっと、足を滑らしたものです。そして、そのままポチャンと、顎まで塩水の中に入ってしまいました。初めアリスの頭に浮かんだのは、自分がどこか海にでも落ちたのだろう、という考えでした。「そうだったら、わたし汽車ででも帰れるわ。」と独語を言いました。（アリスは生まれてから一度海岸に行ったことがありました。それでアリスは、英国の海岸なら、何処(どこ)に行ってもそこにはいろいろの遊泳(およぎ)の道具があって、*子供たちが木の鍬(くわ)で砂を掘ったり、それから宿屋が一列に並んで居たり、その後ろの方には、停車場(ていしゃじょう)があるものだと、大体思いこんで居りました。）けれども、間もなくアリスは、自分が先(さ)き程(ほど)背の高さ九尺程もあったときに流した涙の池に、落ちて居るのだと言うことに気がつきました。

「わたし、こんなに泣かなければよかったわ。」とアリスは何(ど)うかして、上がろうと思って、泳ぎまわりながら言いました。「あんまり泣いたので、自分の涙で溺れるような罰(ばち)を受けるんだわ。でも随分妙な事があるもんだ。兎(と)に角(かく)、今日は何から何まで変てこなことだらけだわ。」

丁度其(そ)の時、アリスは此(こ)の池で、自分から一寸(ちょっと)離れたところで、何かが水をばちゃばちゃやっている音を聞きました。アリスは「何だろう。」と思って、傍(そば)へズッと泳いでいきました。最初アリスはそれは海象(かいぞう)か河馬(かば)に違いないと思ったものです。けれどもそれから自分が今では、どんなに小さくなって居るかということを思いだしました。それでアリスは直(す)ぐに、それが自分と同じように、池の中に落ち込んだただの鼠(ねずみ)なのだということが分かりました。

「そうだ、この鼠に話しかけたら、何かの役に立つかも知れない。」と考えました。

「何もかもここでは変わって居るんだから、鼠だってお話ができるかも知れないわ。とにかくためしてみたって、何の損にもならないんだから。」そこでアリスは言い始めました。「もし鼠よ、この池の出口を知って居るの、わたし最(も)う泳ぎ廻るのに、すっかり疲れちゃったの。もし鼠よ。」（アリスはもし鼠よと、こう言って鼠に話しかけるのが正しいに違いないと思いました。何故って今までに、こんなことをしたことがありませんでしたけれども、兄さんのラテン文法の文に「鼠が――鼠の――鼠に――鼠を――もし鼠よ。」と書いてあるのを思い出したのでした。）鼠はアリスの顔を穴のあく程見つめました。そして片方の可愛らしい目で、アリスに目くばせしたようでしたが、何にもものは言いませんでした。

「多分英語が分からないんだわ。」とアリスは思いました。「ウィリアム大王と一緒に、渡って来たフランスの鼠かも知れないわ。」（アリスがこんなおかしな考え方をしたのも、一体歴史に就(つ)いてアリスは、何(なん)とか彼(かん)とか聞き噛(かじ)ってはいましたけれども、何が何年前に起こったのだと云うような、明瞭(はっきり)した考えは持っていなかったからです。）そこでアリスは、又言い始めました。「Ou est ma chatte?(ウー エ マ シャット)」（わたしの猫は、何処(どこ)に居ますか。）これはアリスのフランス語の読本の最初に、あった文章でした。すると突然鼠は池から跳び上がり、その上までおどろきで身体中を、震わせているようにみえました。「まあ、ごめんなさい。」と、アリスは可哀想な動物の気持を悪くしたと思って、急いで言いました。「わたしお前さんが猫をお好きでないということを、すっかり忘れて居ましたわ。」

「猫は好きでない。」と鼠は憤った金切声で言いました。「若し、お前さんがわたしだったら、猫が好きになれるかい。」

「うん、そうなりゃ多分好きにならないわ。」とアリスは宥めるような声で言いました。「おこらないでね、けれどわたしの家のディナーだけは、お前さんにだって見せたい位よ。お前さん、ディナーを一目見た日にゃ、きっと猫が好きになるにきまってるわ。それは可愛いらしい、おとなしい猫なのよ。」と、アリスはぐずぐず池の中を泳ぎ廻りながら、独語のように、話して居りました。「その猫は、煖炉の側でやさしい声でゴロゴロ云ったり、前足をなめたり、顔を洗ったりするのよ――それから子供のお守をさせるのに、優しくってとてもいいの。――そして鼠をとることなんか、素敵に旨いのよ――あらっ、かんにんしてね。」とアリスはまた叫びました。何故なら、今度こそは鼠が身体中の毛を逆立てたので、もうすっかり怒らしてしまったと感じたからです。「お前さんがいやなら、わたし達猫の話なんか止めましょう。」

「わたし達だって？　ふん。」と鼠は尻尾の先まで、ぶるぶるふるわせていいました。

「まるでわたしまでが、そんな話を一緒にやってるように聞こえるじゃないか。わたしの一家の者は、むかしから猫が大嫌いだったのだ。あんな汚らしい下等な賤(いや)しいものなんか、もう二度とあいつの名なんか聞かせて貰いたくないもんだ。」

「ほんとにお聞かせしないわよ。」とアリスは大層あわてて、話の題を変えようとしました。「お前さんは――あのお前さんは――好きかい――あの、犬は。」鼠は返事をしませんでした。それでアリスは、熱心に話しつづけました。「家の近所に大層可愛いらしい小さい犬が居るのよ。お前さんに見せて上げたいわ。」

「目の光って居る小さいテリアなの。そしてまあ、こんなに長い茶色の捲毛をして居るのよ。そして何か投げてやると、すぐにとってくるし、そして御馳走をせがむ時には、チンチンもするの。何でも、いろんなことをするのよ。――わたし半分位しか覚えて居ないわ。――その犬は百姓のよ――あんまり役に立つんで、その百姓は千円の値打*ちがあると言って居るわ。そして鼠なんかすっかりかみ殺してしまうんだって、――あら、また！」悲しい声でアリスは叫びました。「又怒らしてしまったか知ら。」なぜなら、鼠は一生懸命アリスの側(そば)から、泳ぎ去ろうとして、池中を騒々しく掻きまわしたからです。

　そこでアリスはやさしく後ろから、呼びかけました。「もし、鼠さん、戻っていらっしゃいよ。お前さんが嫌なら、猫の話も、犬の話もしませんから。」鼠はこれを聞いて振り返って、静かにアリスの所に泳いで来ました。鼠の顔は全く青くなっていました。（怒っているのだとアリスは考えました。）鼠は低いオロオロ声でいいました。

「向こうの岸に行きましょう、あすこでわたしは身の上ばなしをしましょう。そうすれば、何故わたしが猫や犬が嫌いだかお分かりになります。」

丁度出かけるのによい時でした。何故といって、池の中は、落ち込んだ鳥や獣でガヤガヤしはじめて居りましたから。鴨や、ドードー（昔印度洋(いんどよう)のMauritius(モーリシャス)に住んで居た大きな鳥）や、ローリー（一種の鸚鵡(おうむ)）だの、子鷲(こわし)だの、いろいろな奇妙な動物が、*集まって居りました。アリスが先になって泳ぐと、みんな後から岸に泳いでいきました。

三　コーカスレースと長い話

池の土手に集まったものは、ほんとに奇妙な格好をした者たちでした。――尾を引きずった鳥だの、ペッタリと毛皮が身体にまきついて居る獣たちで、みんなずぶ濡れで、不機嫌な、不愉快らしい様子をして居りました。

勿論、第一の問題になったのは、どうして元通りに、身体を乾かすかということでした。みんなはこの事に就いて、相談を始めました。しばらくする中、アリスは、自分がこの者達と、馴れ馴れしく話をしているという事が、全く当たり前のことのように思われました。まるで、皆と小さい時分から、知り合いだったかのように。*で、実際アリスは、ローリーと随分長いこと議論をしましたので、とうとうローリーは不機嫌になってしまって、「わしはお前より年をとっている。だからお前より、よく物を知って居るに違いないんだ。」と言いました。しかしアリスは、ローリーの年がいく

つだか知らないうちは、承知ができませんでした。ところがローリーは、自分の年を云うことを、はっきりと断りましたので、議論はそれっきりになってしまいました。

最後に、仲間の中(うち)で、幾分(いくぶん)幅の利くらしい鼠が言い出しました。「みなさん、座ってわたしの云うことを、聞いて下さい。わたしは直(す)ぐに皆さんをよく乾かして上げます。」みんなは、一人残らず座って、大きな環(わ)をつくりました。そしてその真中(まんなか)には鼠が座りました。アリスは心配そうに、鼠をジッと見て居ました。何故なら、早く乾かしてもらわないと、ひどい風邪でも引きそうで、しようがありませんでしたから。

「エヘン。」と鼠は、勿体ぶった様子をしました。「皆さん始めてよろしいですか。これはわたしの知って居るかぎりでは、一番干からびた面白くない話です*。どうか皆さんお静かに——さて法王より許しを得たウィリアム大王は、やがてイギリス人の帰順をうけたのであります。その時イギリス人は指導者を必要として居ました。そして略奪と征服*には、その当時馴(な)らされて居りました。エドウィンとモルカー、即ちマーシヤ及びノーザムブリアの両伯爵は——。」

「うふ。」とローリーは、身慄(みぶる)いをして言いました。

「一寸(ちょっと)伺いますが。」と鼠は顔をしかめながら、しかし丁寧に「君は何か言いましたか。」

「いいえ。」とローリーはあわてて答えました。

「わたしはまた、何か言われたと思ったのでした。」と鼠は言いました。「では、先をお話ししましょう。エドウィンとモルカー、即ちマーシャ及びノーザムブリアの両伯爵は、王のための宣言をしました。愛国者であるカンタベリーの大僧正（だいそうじょう）、スタイガンド（Stigand）ですらも、それを適当なことと知りました――。」

「何を見つけたって？」と鴨が言いました。（英語で今の「知りました。」という言葉は、普通「見つけた。」という意味に、使われるものだからです*。）

「それを知ったのだ。」と鼠は一寸（ちょっと）おこって答えました。「勿論のこと、君は『それ』が、何のことだか知って居るだろう。」

「わたしは自分で何か見つけるとき、『それ』が何であるか、よく分かるんだよ。」と鴨が言いました。

「大抵のところ、それは蛙か、みみずなんだよ。それで問題はだね。大僧正が何を見つけたかということだ。」

しかし鼠は、此（こ）の問（とい）にかまわないで、急いで話を続けました。「――エドガァ・アスリングと一緒に、ウィリアムに会って、王冠を捧げることを、よいことだと知ったのでした。ウィリアムの行いは初めの中（うち）は穏やかでした。けれども、ノルマン人の無礼な――、ねえ、どうです。お工合は。」と鼠はアリスの方を向いて言いました。

「まだやっぱり、びしょびしょよ。」とアリスは悲しそうな声で言いました。「そんな話なんか、ちっともわたしを乾かしてくれそうもないわ。」

「左様な、場合には。」とドードーは、偉そうな風をして、立ち上がりながら言いました。「わたしは此の会議を延ばすことを申し出ます。その理由は、一層有効なる救済法を、直ちに採用せんがためであります。」

「英語で言ってくれ。」*と子鷲が言いました。「わたしにゃ、今の長い言葉の意味が半分も分からないや。第一お前さんだって分かって居そうもないね。」

こう言って子鷲は頭を下げ、うすら笑いをかくしました。外の鳥たちは聞こえるほど大きな声で笑いました。

「わたしが言おうとしたことは。」とドードーは怒った声で言いだしました。「われわれを乾かすためには、コーカスレースをやるのが一番いいということだったのです。」

「コーカスレースって、何のことですか。」とアリスが言いました。そのことをアリスはひどく知りたいと思った訳ではないのです。ただドードーが、あとは誰か他の者が、口を利くべきだとでも思ったように、一寸口をやすめたのに、誰も話しだす様子が、見えなかったからなのです。

「ウン。」とドードーは言い出しました。「それを一番よく分かるようにする方法は、それをやって見ることだ。」（みなさんの中、冬になって、これをやって見たいと思う人が、あるかも知れませんから、ドードーがやって見せた通りを、お話しする事にします。）

まずドードーは、輪の形に競走場を仕切りました。（「そうキチンとした輪の形でなくてもよい。」とドードーは言いました。）それから仲間達を、仕切に沿うて、あちら、こちらに並べました。そして競走は「一・二・三よし。」の合図なんかなしで、みんな思い思いの時に走り始め、好きなときに止めるのでした。それですから競走がいつ済んだかなどという事は、一寸分かりませんでした。けれども皆が三十分かそこら走って、もうすっかり身体が乾いてしまいました。そのとき、ドードーが急に「競走終わり。」とどなりました。で、みんなはドードーの周りに集まって、呼吸を切らせながら「だけど誰が勝ったんだ。」と訊きました。

この問にはドードーは、よほど考えなければ返事をすることができませんでした。それで長い間一本の指を額にあてて、（これはシェークスピヤの画像で、みなさんがよく見る姿勢です。）座りこんで居ました。其の間他のものは黙って待って居ました。やがてドードーは、やっとこう言いました。

「みんなが勝ったんだ、だからみんなが賞品をもらうのだ。」＊

「では誰が賞品をくれるのですか。」とみんなは一斉に訊きました。

「うん、あの子だよ無論のこと。」とドードーは一本の指で、アリスを指さしながら言いました。そしてみんなは、直ぐにアリスの周囲（まわり）に集まって、あちらからも、こちらからも「賞品を、賞品を。」とワアワア言いました。

アリスはどうしてよいか、考えがつきませんでした。で、困りきった揚句（あげく）、ポケットに片手を突っ込んで、ボンボン＊の入った箱をひっぱり出しました。（幸いにもそれには塩水が入って居りませんでした。）そしてこれを賞品として、みんなに渡しました。丁度（ちょうど）一人に一つずつありました。

「だがあの子だって、賞品を貰わなければならないよ。ねえ。」と、鼠が言いました。

「勿論さ。」とドードーは、大層真面目くさって答えました。「外（ほか）には何がポケットに入って居ますか。」とアリスの方を向きながら、言いました。＊

「指貫（ゆびぬき）だけ。」とアリスは悲しそうに言いました。

「それをここへお渡し。」とドードーが言いました。

それからみんなは、最（も）う一度アリスのぐるりに、集まってきました。それからドードーは、おごそかに指貫をアリスに贈って言いました。「わたし達は、あなたがこの

立派な指貫を、お受け取り下さることをお願いします。」この短い演説が終むと、一同は拍手をしました。

　アリスはこの様子を、随分馬鹿らしいと思いましたが、みんなが真面目くさった顔をして居るものですから、笑うことも出来ませんでしたし、それに何も云うことを考えつきませんでしたから、ただ一寸お辞儀をしたきりで、出来るだけしかつめらしい顔をして、指貫を受け取りました。

　さて、次にすることは、みんながボンボンを食うことでした。このことはかなりの騒ぎを起こして、ガヤガヤしました。何しろ大きな鳥はこれじゃ味も分からないと言って、ブツブツ不平を言いますし、小さい鳥は喉につかえて、背中をたたいて貰う有様でした。けれどもやっとその騒ぎも終んで、みんなは車座に座って、鼠にもっとお話をして呉れと頼みました。

「お前さんは、身の上話をするって約束したでしょう。」とアリスが言いました。「そして――あのネの字とイの字が、何故嫌いだかっていうことをね。」とアリスはまたおこられやしないかと思って、小さい声で言いました。

「わたしのお話は長い、そして悲しいものなんです。」と鼠はアリスの方を向いて、溜息をつきながら言いました。

「全く長い尾（しっぽ）だわ。」とアリスは不審そうに、鼠の尻尾（しっぽ）を見て言いました。
「けれどもそれが何故悲しいというんですか。」（英語で「おはなし」という言葉は「尻尾」という言葉と音が同じに聞こえるのです。*）そして鼠がお話をする間も、アリスはその謎を一心に考え解こうとしていました。ですからアリスの頭の中では、鼠のお話が一寸（ちょっと）次のような風になりました。

やま犬が、お家（うち）で
会った　鼠に
いいました。
「裁判遊びを二人
でしようじゃないか。
そしておれはおまえを
訴えてやる——。
おい、つべこべ
言わずついてこい。
裁判遊びの始まりだ。
今朝は他に
やることもなし。」
今度は鼠が
言いました。
「ねえ、君*
陪審官もない
判事もない
そんな裁判は
息が切れてしま
うだろうて。」
「なにわたしは
判事にもなっ
たり、陪審官
にもなった
りする。」
と年をとった
ずるい犬
は言いまし
た。「わたしが
ひとりで裁判
をやって
お前に
死刑の
宣告を
してや
る。」

「お前は聞いて居ないな。」と鼠はきびしい声で、アリスに言いました。「お前は、何を考えて居るのだい。」

「ごめん遊ばせ。」とアリスは大層へり下って申しました。「お前さんは、五番目の曲(まがり)処(め)に来たんだったねえ。」

「そうでない。」と鼠は強く大層怒ってどなりました。

「難問ね。」とアリスはいつも、自分を役に立てさせようと思って、心配らしく周囲(まわり)を見ながら言いました。「まあ、わたしにその難問を、解く手伝いをさせて下さいな。」

「わたしはそんなことは知らんよ。」と鼠は立ち上がって、歩きながら言いました。

「お前はこんなつまらないことを言って、わしを馬鹿にしている。」

「わたしそんなつもりではなかったのよ。」とアリスは可哀想にも、言い訳をしました。

「けれど、あなたはあんまり怒りっぽいわ。」

鼠は答える代わりに唸(うな)った許(ばか)りでした。

「どうか戻って来て、お話をすっかり済ませて下さい。」とアリスは後ろから、呼びかけました。そして外(ほか)のものも、一緒に声を合わせて言いました。

「そうです、どうかそうして下さい。」けれども鼠は、がまんして居られないように、ただ首を振っただけで、前より足を早めて歩いて行きました。

「鼠君がここに留まっていてくれないとは、全く残念なことだ。」とローリーは、鼠が見えなくなると、直ぐさま溜息をして言いました。この時、年をとった蟹が自分の娘の蟹に言いました。「ねえ、お前、これを手本にして、決して怒るものじゃないよ。」「言わなくってもいいわよ。母さん。」と若い蟹は少し怒って言いました。「母さんのように口うるさいのには、我慢強い牡蠣だって我慢ならないわ。*」

「家(うち)のディナーがここに居ればよいんだけど。」とアリスは大きな声で、別に誰に話しかけるともなしに言いました。「ディナーなら、鼠をじきに連れてかえるわ。」

「ディナーって誰ですか、お聞かせいただけませんでしょうか。」とローリーが言いました。

アリスは夢中になって答えました。何しろこの秘蔵の猫の事ときたら、いつでも話したくて、むずむずしているのですから。「ディナーって云うのは、家(うち)の猫ですわ。そして鼠をつかまえるのが、お前さんの考えにもつかない程に、随分上手なのよ。それにまあ鳥を追っかけるところなんか、本当に見せたいわ。鳥なぞ狙ったと思ってると、もう食べてしまっている位(くらい)よ。」

このお話は、仲間に大変な騒ぎを起こさせました。鳥の中には、あわてて逃げだしたものもありました。年をとったみそさざいは、注意深く、羽づくろいをしていいました。「わしはほんとに家に帰らなければならない。夜の空気は喉をいためていけない。」すると金糸鳥（きんしちょう）は、声をふるわしながら、子供たちに言いました。「さあお帰り、寝る時刻ですよ。」いろいろと口実を作って、みんな去ってしまいました。それでアリスが独りぼっち遺（のこ）されてしまいました。

「わたしディナーの事なんか、言わなければよかったわ。」と悲しい調子で独語（ひとりごと）を言いました。「此処（ここ）では誰もディナーが嫌いらしいわ。ディナーは確かに世界中で一番好（い）い猫だと思うんだけれど。まあ、わたしの可愛いディナー、わたしまた、お前に会えるかしら。」そう言ってアリスは、又（また）泣き始めました。アリスは大層淋しくて心細くなったからでした。けれどもしばらくすると、遠くの方から、又もぱたぱたという小さい足音が聞こえてきました。アリスは事によったら、鼠が機嫌をなおして、お話をスッカリ済ませに帰って来たのではないかと思って、熱心に上を見て居ました。

四　兎が蜥蜴（とかげ）のビルを送り出す

それは白兎でした。ノロノロと歩いて来ながら、まるで何か落とし物でもしたように、周囲（まわり）を、ジロジロと見て居ました。そしてアリスは、兎が独りで、次のようにぶつぶつ言って居るのを耳にしました。「公爵夫人、公爵夫人、まぁ、わたしの足、まぁ、わたしの毛皮と髭（ひげ）*、夫人はわたしをきっと死刑になさることだろう。イタチがイタチである位（ぐらい）たしかなことだ。わたしどこで落としたんだろうかなあ。」アリスは直（す）ぐに兎が、扇子と白いキッドの手袋を探して居るのだと考えました。そこで、親切気（しんせつぎ）を出して、

探してやりましたが、どこにも見当たりません。――アリスが池の中で泳いでからは、すっかり何もかも変わってしまったように見えました。ガラスのテーブルや、小さな扉のある例の大きな広間は、すっかり消えてなくなっているのでした。

アリスが探し廻って居ます中(うち)、兎はすぐにアリスを見つけて怒った声でどなりました。「おい、メーリー・アン、*お前はここで何をして居るのだ。直ぐ家(うち)へ走って帰って、手袋と扇子を持ってこい。さあ早く。」

アリスはこの言葉に驚いて、人違いだと言訳(いいわけ)をするひまもなく、兎の指ざした方へと、直ぐに走って行きました。

「あの人、わたしを女中と思ったんだわ。」と、アリスは走りながら、独語(ひとりごと)を言いました。「わたしが、誰だか分かったら、どんなに驚くことでしょう。でも、手袋と扇子をとって来てやった方がいいわ。――もし手袋と扇子が見つかるものならねえ。」

こう言って居るとき、アリスは小さいキチンとした家(うち)の前に出ました。その家(うち)の玄関の戸には、ピカピカする真鍮(しんちゅう)の名札に「W. Rabbit(ダブリュラビット)(兎)」と、彫りつけてありました。アリスは案内も乞(こ)わずに、あわてて二階へ上がりました。それは手袋や扇子を見つけない中(うち)に、ほんとうのメーリー・アンに会って、追い出されるといけないと思ったからでした。

「ずいぶん妙ねえ。」とアリスは、独語をいいました。「兎のお使いをするなんて。此の次にゃディナーがわたしを、お使いに出すかも知れないわ。」こう言ってアリスは、これから先き起こって来ない事でもない、そういう事を考えて居りました。

「アリス嬢さん、すぐいらっしゃい。御散歩のお支度をなさいませ。」「ばあや、直きに行ってよ、でもね、わたしディナーが帰るまで、此の鼠の穴を見張りしてやる事にしたの。鼠が出ないようにね。」――などとアリスはしゃべり続けました。「だけれど、もしディナーがうちの人達にこんなに用をいい付けるようになったら、うちの人達はディナーを内には、おかないでしょうねえ。」

　この時アリスは、小綺麗な室に入っていきました。窓際にテーブルが、一つ置いてありました。その上には「アリスが望んだように」一本の扇子と小さい白のキッドの手袋が、二、三対置いてありました。アリスは扇子と手袋を、とり上げて、室を出て行こうとしましたとき、鏡のそばにあった小さな罎に、ふと目を留めました。今度は「お飲み下さい」と云う札は、貼ってありませんでしたが、それでも構わず栓を抜いて、唇にもっていきました。そして独語に「何かしら、面白いことがきっと起こるのね、何か食べたり、飲んだりするといつも。だから今に此の罎のおかげで、どうなるか試してやろう。わたし元通りに大きくなりたいわ。こんなちっぽけなものになって居ることなんか、あきあきしてしまったんだもの。」そして実際その飲物（のみもの）は、力をあらわしました。しかもそれはアリスが思ったよりズッと早く、半分も飲んでしまわないうちに、アリスの頭は天井につかえてしまって、首を曲げないと、折れてしまうほどになりました。アリスは、急いで壜を下に置き、独語（ひとりごと）をいいました。「もう沢山、——わたしこれ以上もう大きくなりたくないわ。これでは戸口を通って出られやしない。——わたしこんなに飲まなければよかった！」

ああしかし、もう間に合いませんでした。アリスはズンズン大きくなって、間もなく、床に膝をつかなければなりませんでした。しかしもう、それでも窮屈（きゅうくつ）になってしまいましたから、片肘を戸口に支えて、片腕を頭にまきつけて、寝そべってみました。ところがそれでもズンズン延びていきましたので、仕方なくアリスは、窓から片腕を出して、片足を煙突（えんとつ）の中に入れて、独語（ひとりごと）をいいました。

「これじゃあとどうなっても、もう何にも仕様がないわ。一体わたしどうなることだろう。」

ところが運よく魔法の壜の効力（ききめ）は丁度（ちょうど）此（こ）の時で、すっかり尽きたのでした。で、アリスはもうその上、大きくはなりませんでした。でも相変わらず不便でした。そしてもう室（へや）から出て、いけそうにもないと思いましたので、アリスはしみじみ、不幸（ふしあわせ）なこ

M.W.T.

とだと思いました。

「おうちに居た時の方が、ずっと気が楽だったわ。」と可哀想なアリスは思いました。「大きくなったり、小さくなったり、なんかしないし、又、鼠や兎に用をいいつけられることなんかないから。わたし兎の穴に入らなければよかったんだわ。でも――でも――こんな目に逢うのも、一寸めずらしい事だわねえ。どうしてこんなことになったのか知ら。わたし、いっそお伽話を読んでも、そんな事があるなんて思った事なんてないのに。それが今では、わたしがその中に入って居るんだもの。きっとわたしのことを書いた本が、できると思うわ。きっと。わたし大きくなったら、書いて見ようかしら。――でも、わたし今では大きくなって居るのねえ。」と、悲しそうな声でアリスは云いました。「兎に角ここではもう、これ以上大きくなろうったって、なりようがないわ。」

「でも、そうなれば。」とアリスが考えました。「わたしは今より決して年をとらないで、居られるんじゃないかしら。そうなら有難いわ。とにかく、決しておばあさんに、ならないなんて――でもそうすると――いつも御本を教わらなければならないのねえ。ああ、わたし、それは御免だわ。」

「まあ、馬鹿なアリス。」とアリスは自分で返事をしました。「どうしてお前こんなところで、勉強ができて？　お前の居るだけがやっとなのに、教科書を置くところなんか何処(どこ)にあるの！」

　こう云う風にアリスは、一人で、こっちの話手(はなして)、あっちの話手になってお話をして居ましたが、少し経って外で声がしましたので、自分のお話を止(や)めて、耳をすませました。

「メーリー・アン、メーリー・アン。」とその声は言いました。「すぐにわたしの手袋を持って来てくれ。」それからパタパタという小さい足音が、階段に聞こえました。アリスは兎が自分を、さがしにやってきたのだということを知りました。それでアリスは自分の身体が、今では兎の大きさの千倍程(ほど)もあり、兎なんか怖がる理由(わけ)はないなんていうことを、すっかり忘れてしまって、家(うち)がゆらぐ程身ぶるいをしました。

　やがて兎が入口のところまで上がって来て、戸を開けようとしましたが、その戸は室(へや)の中の方へ押すようになって居て、アリスの肘が、それを強くつっぱって居ましたので、開けようたって駄目でした。このとき、アリスは「廻って、窓から入ろう。」と兎が言って居るのを聞きました。

「それも駄目だわ。」と、アリスは考えました。しばらく待って居ると、窓下(まどした)に丁度兎が来たような足音が聞こえましたので、アリスは、だしぬけに、手を出して一摑(ひとつか)み

しました。けれどもアリスは何もつかまえられないで、小さいキャッと云う声と、ドタンと落ちた音と、ガラスの破壊れた音を聞きました。その音でアリスは、胡瓜の温室か何かの上に、兎が落ちたのだと考えました。

すると、怒った声が聞こえてきました。――それは兎の声でした。――「パット、パット。お前は何処に居るのだ。」するとこれまでに聞いたことのない声が「ここに居ますよ、御主人様、林檎の植え付けをやって居るんですよ。」と言いました。

「何だ、林檎の植え付けだって。」と兎は怒って言いました。「さあ、ここへ来てわたしを、ここから出してくれ。」（ガラスのこわれる音が又しました。）

「おい、パット、窓のところにあるのは、あれは何だい。」

「御主人様、あれは確かに腕ですよ。」（その人は「う、うで」と腕のことを言いました。）

「腕だって？　馬鹿！　あんな大きな腕があるかい。窓中一杯になって居るじゃないか。」

「御主人様、全くさようでございます。でも、なんと言っても腕でございます。」

「ウン、だが兎に角、此処には用がない。行って出してしまえ。」

それから長い間、シンと静まり返っていました。アリスは時々次のような囁き声をきくだけでした。「ほんとに、御主人様、実際嫌ですよ。全くのこと。」――「わしの云う通りにしろ、この臆病者め！」そこでアリスはとうとう又手を延ばしだして、もう一度空をつかみました。今度は二つの小さいキャッと云う声がして、ガラスの破壊れる音がまたしました。「まあ随分沢山胡瓜の温室があるらしいわねえ。」とアリスは考えました。「あの人達、今度は何するか知ら。わたしを窓から引っ張りだすって、そうして呉れれば仕合わせだわ、わたしはもうこれ以上、ここに居たくなんかないんだもの。」

　アリスは暫くの間、待って居ましたが、何にももう聞こえませんでした。やがて小さな手押車の輪の音が、聞こえて来ました。そして多勢の声が、がやがや話し合って居るのが聞こえました。アリスは、その言葉を聞き分けてみました。

「別の梯子は、どこにある。――一つしかありませんでした。ビルが一つもって行ったんです。――ビル、ここへそれを持って来い。――それをこの隅へ立てかけろ。――そうじゃない、先ずしっかり一緒に縛りつけるんだ。――まだ半分にもとどかない。――まあ、これでも十分ですよ。そんなに口やかましく云わないで下さい。――おい、ビル、この縄をしっかりつかまえるんだ。――屋根は大丈夫かい。――そのブラブラの瓦に気をつけろ。――やあ落ちかかって来た。真逆様に（大きな音がしました）

――これ、誰がしたんだ。――ビルらしいなあ。――誰が煙突を下りるのだい。――いやだ、おれはいやだ。――お前やれ。――そんなことはいやだよ。――ビルが下りなきゃいけない。――おいビル、御主人がお前に下りろと云う、御言い付けだよ。」

「まあ、それではビルが、煙突を下りることになったのねえ。」とアリスは独語（ひとりごと）をいいました。「まあ何もかも、ビルに押しつけるのねえ。わたしなら何をもらったって、ビルになりたくないわ。この炉（ろ）はほんとに狭くるしいのねえ。でも、少し位なら、蹴られそうに思えるけど。」

アリスは煙突の下まで足をのばして、待って居ると、やがて小さな動物が（それはどんな種類のものだか、分かりませんでしたが）アリスのすぐ頭の上で、煙突の内側を引っかいたり、這いまわったりする音が聞こえはじめました。その時アリスは、「それがビルだな。」と独語（ひとりごと）をいって、きつく蹴ってみました。そして次にどんな事が起こるかと、待ち構えて居りました。

最初にアリスの聞いた事は、「や！　ビルが出て来た。」と云う大勢の声でした。それからは例の兎の声だけになって「あいつをうけてやれ、そら垣根の傍（かたわ）らにいるお前が。」といいました。それから一寸（ちょっと）静かになり、その中（うち）又ガヤガヤと声がしだしました。

――あいつの頭を上にしてやれ、――さあ、ブランデーだ。――喉につかえさせないようにしろ。——どうだい、おい。どうしたんだ。のこらず話して聞かせてくれ。」

すると、小さな元気のないしわがれた声がしました。(「あれがビルだな。」とアリスは思いました)「うん、どうもわからないんだ。——いや、もういいんだよ、ありがとう。もうよくなったよ。——けれどわしはすっかり面喰らっちまったんで、お話ができないよ。——わしの覚えて居ることは、何かびっくり箱のようなものが、わしにぶつかって来て、わしは煙火みたいに、うち上げられたって事だけだ。」

「うん、そんな具合にとび出して来たっけ。」と、外の者たちが言いました。

「この家を焼き払ってしまわなければならん。」と兎の声が言いました。それでアリスは出来るだけ大きな声で「そんな事したら、ディナーをけしかけてやるわよ。」と言いました。

すると、忽ちあたりがしんと静まりかえってしまいました。アリスは独り考えました。「皆達、今度は何んな事をするだろう。みんなが少し知恵があるなら、屋根でもめくるだろうが。」二、三分の後みんなは再び動き廻りはじめました。そしてアリスは兎が「初めは車一杯でいいや。」と云うのを聞きました。

「何を車一杯なんだろう。」とアリスは思いました。けれども永くそれをいぶかっている暇もなく、すぐと小砂利の雨が、窓からバラバラと入って来ました。中にはアリスの顔に当たるのもありました。「わたし止(や)めさせて見せるから。」と、アリスは独語(ひとりごと)をいって、大きな声でどなりました。「お前たち、そんなことをしない方が身のためだよ。」すると、すぐに又シンと静かになってしまいました。

　ふとアリスは砂利が床の上に落ちたまま、小さなお菓子に変わっているのに気付いて、びっくりしてしまいました、が、そのときアリスの頭に、愉快な考えが浮かびました。「わたしこのお菓子を一つでも食べると、身体の大きさが、変わるに違いないわ。そしてこれ以上もう大きくはできまいから、きっと小さくなる方なんだわ。」

　そこでアリスはお菓子を一つのみこみました。すると直ぐさま小さくなり出したので、アリスは大喜びでした。入口を通れる位、小さくなると直ぐ様(さま)、アリスは家(うち)から駆け出しました。すると小さい獣や鳥が、ウヨウヨとして外で、アリスを待って居るのでした。可哀想な小さな蜥蜴(とかげ)のビルがその真中(まんなか)にいて、二匹の豚鼠(ギニアピッグ)に身体を支えられ、それに壜の中の何かをのませてもらって居ました。アリスが出てくると、みんなは一斉にアリスめがけて詰めよせて来ました。しかしアリスは一生懸命駆けだして、直ぐにコンモリ繁った森の中へ、避難してしまいました。

「まずわたしが、しなければならないことは。」とアリスは、森の中をブラブラ歩きながら、独語(ひとりごと)をいいました。「もと通りのほんとの大きさになることだわ。その次には、

あの綺麗なお庭に行く道を見つけること。わたしこれが一番いいやりかただと思うわ。」

　これは疑いもなく、大層すぐれた、そしてやさしい計画のようでした。ただむずかしいことは、アリスには、それをどう手をつけてよいか、少しも考えのないことでした。アリスが樹と樹の間を、キョロキョロして覗き見していますと、頭の上で小さい鋭い吠声（ほえごえ）がしますので、アリスはあわてて上を向いて見ました。

　すると大きな犬ころがアリスに触ろうとでもするように前足をそっと出し、大きな丸い目で、アリスを見下ろして居ました。

「まあかわいい犬だこと。」とアリスはやさしい声で言って、一生懸命口笛を吹こうとしました。が、アリスはこの犬は御腹（おなか）をへらして居るかも知れない、もしそうだといくらご機嫌をとっても、自分が食べられると思って、内心びくびくして居ました。*

　アリスは殆ど（ほとんど）夢中で、小さな一本の棒を拾い、犬ころの方に突きだしました。すると犬ころはキャンキャン嬉しがって、ただちに四足（よつあし）をそろえて宙にとび上がって、棒にとびかかり、噛み付きそうな風をしました。そのときアリスは、頭の上をとびこされないようにと、大きな薊（あざみ）の後ろにかくれました。そしてアリスが向こう側に出たとき、犬ころは棒にとびつきました。そしてそれを、つかまえようとして、でんぐり返

りました。このときアリスは、この犬ころとふざけるのは、荷馬車ひきの馬と、遊んで居るようなものだと思うと、今にもその足の下に踏みつけられそうなので、また薊のぐるりをかけだしました。それから犬ころは棒切れめがけて、何度も小攻撃をやりだし、その度に一寸進み出ては、ぐっと後退りして、その間たえずキャンキャン吠え立てていましたが、とうとう息をハアハアきらせ、口から舌をだらりとだし、大きな目を半分とじて、ずっと向こうで座りこんでしまいました。

　こりゃ逃げるのに、有難い仕合わせとアリスは直ちに、駈けだしました。余り駈け過ぎたので、すっかりくたびれて、息が切れてしまいました。が、もうその時は犬ころの吠声は、遠くの方で、微かに聞こえるだけになっていました。

「でもまあ、なんて可愛らしい犬ころだったろう！」とアリスは一本の金鳳花に、よりかかって休みながら、一枚の葉を扇子がわりにして、煽ぐのでした。「わたし、あたり前の背でさえあれば、いろんな芸をしこんでやるんだけれど。そうそう、わたし元通り、大きくならなければならないということを、すっかり忘れていたわ。――そうねえ――どうしたら大きくなれるんだろう。わたし何か飲むか食べるか、しなければならないと思うわ。けれども『何を』ということが大問題なんだわ。」

　たしかに、大問題は『何を』と云うことでした。アリスは身のまわりの、花や草の葉を見まわして見ましたが、この場合、飲んだり食べたりしてよさそうなものが、見つかりませんでした。アリスの近くに、大きな茸（きのこ）が生えて居りました。それは丁度アリスの大きさ程ありました。アリスはその茸の裏を見たり、両側から見たり、うしろへまわって見たりしましたが、今度はその上に何があるか、見たくなって来ました。アリスはつまさきで立って、茸の端（はし）から見ました。すると直ぐにアリスの目は、大きな青い芋虫の目にはたと、ぶつかりました。芋虫は頂辺（てっぺん）に腕組みで座って静かに長い水煙管（みずぎせる）を吸って、アリスにも又は外（ほか）の何にも、少しも気をとめて居ない様子でした。

五　芋虫の忠告

芋虫とアリスは、暫(しばら)くの間黙り込んで見合っていました。しかしとうとう芋虫が口から水煙管(みずぎせる)＊をとって、だるいねむそうな声で、アリスに話しかけました。

「お前さんは誰ですか。」と芋虫はまず訊(き)きました。

けれどもこれは二人の会話(はなし)を、すらすら進めていくような、問(とい)ではありませんでした。アリスは少し恥ずかしそうに答えました。「わたし――わたし今ではよく分からないのです。――といっても、今朝起きたときは、わたしが誰だったかは、知って居たのですが、それから何度も、いろいろ変わったに違いないと思うんです。」

「それはどういうことなのだ。」と芋虫はきびしく言いました。「説明してみなさい。」

「わたし、説明なんて出来ないいんです。」とアリスが言いました。「だってわたしはわたしでないのですから。ねえ。」

「さっぱり分からん。」と芋虫が言いました。

「残念ながら、わたしにはそれをもっとはっきり、言い表すことが出来ませんの。」とアリスは大層丁寧に答えました。「なぜなら、第一わたしには自分ながら、それが分かって居りませんの、そして一日の中に、いろいろと大きさが変わるなんて、随分頭をまごつかせる事ですもの。」

「そんなことはない。」と芋虫は言いました。

「ええ、そりゃあなたは今までそんな事を、そういうものだとお感じになった事は、ないかも知れませんけれど。」とアリスは言いました。「でも、あなたが蛹になったり――いつかはそうなるんでしょう――それから蝶々にならなければならなくなったら、少しは変にお思いでしょう、思わなくって。」

「いいや、ちっとも。」と芋虫が言いました。

「それじゃ、あなたの感じがちがうのよ。」とアリスが言いました。「わたしの知って居る限りでは、それがとても変に感じられますの、私にとって。」

「お前に？」と芋虫は馬鹿にしたように言いました。「じゃあお前は誰なのだ。」

そこで会話が、又一番初めに戻ってしまいました。アリスは芋虫が、こんな風に大層短い言葉しか言わないので、じれったくなりました。それで背のびをして、大層真

面目になって言いました。「わたしはね、先ずあなたが自分は誰であるか、名乗るべきだと思いますわ。」

「何故？」と芋虫は言いました。

これでまた面倒な問題になりました。アリスはいい理由を考えつきませんし、一方芋虫はひどく不愉快らしい様子でした。そこでアリスは向こうの方に歩いて行きました。

「戻ってこい。」と芋虫はアリスの後ろから呼びかけました。「わたしは少し大事な話があるのだ。」

この言葉が幾分頼もしく聞こえましたので、アリスは振り返って、又戻って来ました。

「おこるもんじゃないよ。」と芋虫が言いました。

「それだけなの。」とアリスは、できるだけ怒りをのみこんでいいました。

「いいや。」と芋虫が言いました。

アリスは他に用がないものですから、待ってやってもいいと思いました。多分、何かいいことを聞かしてくれるのだろう、と思ったものですから。しばらくの間、芋虫は何にも言わないで、水煙管をプカプカふかしていました。けれども、とうとう芋虫は腕組をほどき、水煙管を、口から又とって言いました。「それでは、お前変わってると思うのかい。」

「どうもそうらしいのですわ。」とアリスが言いました。「わたし以前のように、物を覚えられませんし――そして十分間と同じ大きさで居ないのです。」

「覚えられないって、一体何を？」と芋虫が言いました。

「ええ、わたし『ちいちゃい蜜蜂どうして居る』を歌って見ようと思っても、まるでちがってしまうの。」とアリスは大層かなしそうな声で言いました。

「『ウィリアム父さん、年をとった』をやってごらん。」と芋虫が言いました。

アリスは腕を組んで始めました。

「若い息子が云うことにゃ、
『ウィリアム父さん、年とったな、
お前の髪は真白だ。
だのに始終逆立ちなぞして、――
大丈夫なのかい、そんな年して。』

ウィリアム父さん答えるにゃ、
『若い時にはその事を
脳に悪いと案じたさ。
だが今じゃ脳味噌もなし、
それでわたしは何度もやるのよ。』

若い息子が云うことにゃ、
『何しろ父さん年とった。
それによくもぶくぶく肥ったもんだ。
だのに戸口ででんぐり返ったり、
ありゃ一体何のつもりさ。』

白髪頭を振りながら、
ウィリアム父さん云うことにゃ、
『若い時にゃあ気をつけて
せいぜいからだをしなやかにしてたよ。

こんな膏薬まで使ってね――
――一箱五十銭のこの膏薬だ――。
お前に一組売ってやろうか。』

若い息子が云うことにゃ、
『お前は兎に角年よりだ。
お前の顎はもう弱い。
脂身より硬いものは向かぬ筈。
だのに鵞鳥を骨ぐるみ、
嘴までも食べちまった。
あれは何うして出来たのだい。』

父さん息子に云うことにゃ、
『わしが若いときゃ法律好きで、
何かと云えば女房と議論さ。
お蔭で顎は千萬人力。

こんな年までこの通り。』

若い息子の云うことにゃ、
『お前は年とった。
昔通りに目が確かだとは
誰が本当と信じよう。
だのにお前、
鼻っ先で鰻を秤ったが＊
何うしてあんなうまい事がやれたんだ。』

父さん息子に云うことにゃ、
『わしは三度も返事した。
もう沢山だ。
こんな譫言に相槌うって、
大事な一日つぶしてなろか。
さあさ出て行け、

行かぬと階(はしご)から蹴落とすぞ。』」

「間違ってるね。」と芋虫が言いました。

「そりゃみんなは合っていないようねえ。」とアリスはビクビクして言いました。「文句が少し変わったのだわ。」

「初めから終(しま)いまで、違って居るよ。」と芋虫はきっぱり言いました。それからしばらく二人は黙り込んでしまいました。

　すると、芋虫が話しだしました。

「お前はどの位(くらい)の大きさになりたいのだ。」

「まあ、わたしどの位の大きさって、きまっていないわ。」とアリスはあわてて答えました。「ただ誰だって、そんなに度々(たびたび)大きさが変わるのは、嫌でしょう。ねえ。」

「わしには分からんよ。*」と芋虫は言いました。アリスは何も言いませんでした。今までこんなに、反対せられたことはありませんので、アリスは癪(しゃく)で堪(たま)りませんでした。

「今は満足して居るのかい？」と芋虫は言いました。

「そうねえ、あなたさえ御迷惑でなかったら、わたしもう少し大きくなりたいの。」

とアリスが言いました。「三寸なんてほんとに情けない背(せい)ですわ。」

「いや、それが大層いい背格好だよ。」と芋虫は背のびをしながら、怒って言いました。(芋虫も丁度三寸の背でしたから。)

「でも、わたし、この背には馴れていないんですの。」と可哀想なアリスは、哀れっぽい声で言いました。そして心の中で、「この人がこんなに怒りっぽくなければいいんだが。」と思いました。

「今にお前馴れてくるよ。」と芋虫は言って、口に水煙管をくわえて、またふかし始めました。

　今度はアリスは芋虫が、又話しかけるまでジッと待って居ました。一、二分たったとき、芋虫は口から水煙管をとって、一、二度欠伸をして、身体を振るいました。それから茸から下りて、草の中へ這っていきました。行きながら、ただ芋虫は「一つの側は、お前の背を高くし、他の側は、お前の背を短くする。」と言いました。

「何の一つの側なんだろう。何の他の側なんだろう。」とアリスは考えました。「茸のだよ。」と芋虫は丁度、アリスが大声で尋ねでもしたかのように言いました。そして直ぐ芋虫の姿は、見えなくなりました。

　アリスはしばらくの間、考え込んで、ジッと茸を見て居ました。そして茸の両側とは、どこなのか、知ろうとしました。けれども茸はまん丸なものですから、これは大層むずかしい問題だと、いうことがわかりました。けれども、とうとうアリスは両腕をグルリと廻せるだけまわして、茸の端(はし)を両手で、チョットかきとりました。

「さあどちらがどちらなのだろう。」とアリスは独語(ひとりごと)をいいました。そしてその結果をためして見るつもりで、右側を一寸(ちょっと)かじって見ました。と、いきなり顎の下をひどく打たれたような気がしました。それは顎が足にぶつかったからでした。

アリスは此(こ)の急な変わり方に、すっかり驚いてしまいましたが、身体がドンドン縮まっていくものですから、少しもぐずぐずして居られませんでした。それでアリスは、早速(さっそく)別の端をかじることにとりかかりました。顎が足にしっかりとくっついて居るものですから、口をあく余裕なんか、ほとんどありません。しかし、とうとう何(ど)うにかあけて、やっとのことで、茸の左の端を一口のみ込みました。

※ ※ ※ ※ ※ ※

「ああ頭がやっと楽になった。」とアリスは嬉しそうに言いましたが、忽(たちま)ちその声は、驚きの悲鳴に変わってしまいました。それもその筈です。*アリスは自分の肩が、どこにあるのだか見えなくなったのでした。アリスが下を向いて見ると、見えるものは、ばかに長い頸（くび）だけで、それはアリスのずっとずっと下に拡がっている、青い葉の間から、生えて居る茎のように見えているのでした。
「一体あの青いものは何かしら。」とアリスは言いました。「そしてわたし、肩は何処（どこ）にいったんでしょう。まあ、わたしの可哀想な両手さん、わたし、どうしてお前を見られなくなったんでしょう。」とアリスは言いながら、手を動かして見ましたが、ただ、遥か下の緑色の葉の一部が、微（かす）かに揺れたきりでした。

　何しろ、手の方を頭に届かせるなどという事は、とても出来そうもありませんでしたので、アリスは頭の方を手に届かせてみようとやってみました。すると嬉しいことに、アリスの首は蛇（へび）のように、どっちにでもうまく曲がることが分かりました。アリスはこれで格好よくまげくねらせ、そして青い葉の間に、その首を突っ込みかけました。――気づいて見ると、それは今まで歩いて居た森の樹の梢（こずえ）でした。――が丁度そのとき鋭いヒューという音が、アリスの顔をかすめたので、あわてて後退（あとずさ）りしました。

大きな鳩がアリスの顔にぶつかって、翼でアリスをひどく打ちました。

「やあ蛇！」と鳩は金切声(かなきりごえ)で叫びました。

「わたし、蛇なんかじゃないわ。」とアリスは怒って言いました。「早くお退(ど)き！」

「蛇だったら蛇だよ。」と鳩は繰り返して言いました。けれども、その声は前よりやさしい調子でした。それから、泣声(なきごえ)で附(つ)け加えるのに、「いろいろとやって見たが、どれもあいつには合わないようだ。」

「お前さん一体何を言って居るのだか、わたしにはちっとも分からない。」とアリスは言いました。

「わたしは木の根にもやって見たし、土手にも、垣根にもやって見た。」と鳩はアリスに構わず言いました。「けれどもあの蛇奴(へびめ)、あいつばかりはどうしても気を和らげることができない。」

　アリスはますます分からなくなって来ました。けれどもアリスは、鳩が言い終わるまで、何を言っても無駄だと考えました。

「蛇の奴め、卵を孵(かえ)すなんて、何でもないと思ってやがるらしい。」と鳩が言いました。

「少しは夜昼(よるひる)蛇の見張(みはり)をしていなきゃならん。まあ、わしは此(こ)の三週間と云うものは、一睡もしないんだよ。」

「御困りのようで気の毒ですわ。」とアリスは鳩の云うことが、分かりかけましたので言いました。

「それでやっと今、森の一番高い木に、巣をかけたところだのに。」と鳩は言い続けて居る内に、泣き声になってきました。「こんどこそは蛇にねらわれることがないと思って居たのに、今度は空から、ニョロニョロ下りるじゃないか。いまいましい、この蛇め。」

「だってわたし、蛇でないと云うのに。」とアリスは言いました。「わたしは――わたしは、あの――。」

「じゃあ、お前は何なのだ。」と鳩が言いました。

「わしはお前が、何かたくらんでいることを知って居るよ。」

「わたしは――わたしは小さい娘ですわ。」とアリスは一日の中(うち)に、いろいろな形に変わったことを、思い出して一寸(ちょっと)疑わしそうに言いました。

「旨く言ってやがる。」と鳩はひどく馬鹿にして言いました。「わしは今までに沢山の娘は見て居るが、こんな首をして居る女の子なんか、見たことがないよ。ちがうよ。ちがうよ。お前は蛇なんだ。そうじゃないと、言って見たって無駄(だめ)だよ。今度は多分卵なんかの味は知りませんと云うんだろう。」

「わたし卵の味は、知って居るわ。」とアリスは大層正直な子供でしたから、言いました。「だって小さい娘だって、蛇と同じ位に卵を食べてよ、そうでしょう。」

「わしには信じられないことだ。」と鳩が言いました。「けれども、若(も)しそうだとすると、それじゃまあ娘も蛇の類だなあ。わしはそう云うより外(ほか)はない。」

　鳩の言ったこの事は、アリスにとっては、全く新しい考えでしたから、アリスは一、二分間黙り込んでしまいました。それをいい機会に鳩は話しつづけました。「おまえは卵を探して居るんだね。それにちがいあるまい。こうなりゃお前が、小さい娘であろうが、蛇であろうが、わしにはどうでもよいのだ。」

「わたしにはそれがちっとも、何(ど)うでもよくない事なの。」とアリスはあわてていいました。「けれどわたし、卵なんか探しているんじゃないの。もし探したって、お前の卵なんか欲しくはないわ。わたし生の鳩の卵なんか好きじゃないの。」

「ふん、それじゃ、去(い)ってくれ。」と鳩は巣の中に入りながら、気むずかしい声で言いました。アリスは出来るだけ、こごんで樹の下を、歩いていきました。何故ならアリスの首が枝にからみつくからでした。それでその度毎に時々止まって、ほどいていかねばなりませんでした。しばらく経って、アリスは両手に一本の茸を、持って居ることに気がつきましたから、大変気をつけて、初めに一つの側をかじり、それから別の側をかじって、大きくなったり、小さくなったりして居るうちに、とうとうアリスはやっとあたり前の背になることができました。

　随分と永い間ほんとの大きさにならなかったのですから、始めは全く奇妙でした。が、少し経つうちに、慣れて来て、いつもの様に独語をいい始めました。「さあ、これでわたしのもくろみが、半分達しられたのだわ。あんなにいろいろ大きさが変わっちゃ、やりきれないわ。一分間のうちに、どうなっていくのだかわからないのだもの。けれどもわたしはこれであたりまえの大きさになったのだ。次にすることは、あの綺麗なお庭に入ることだわ。一体それには、どうすればいいのか知ら。」こう言いましたとき、アリスは突然、広々とした場所に出ました。そこには四尺ばかりの小さい家が建って居りました。「あすこに誰が住んで居るにしても。」とアリスは考えはじめました。「わたしがこの大きさのままで会いに行っちゃあ、悪いかもしれないわ。内の人達をすっかり驚かせてしまうわ。」そう言ってアリスは又茸の右側を、少しかじり始めました。それで九寸ばかりの背になったとき、はじめてその家に近寄って行きました。

六　豚と胡椒（こしょう）

一、二分の間、アリスは佇んで、その家（うち）を眺めながら、これから何をしようかと、思案して居ました。と、突然（だしぬけ）に仕着（しきせ）を着た取次（とりつぎ）の下男（げなん）が、森から走って出てきました。（アリスは此（こ）の男が仕着を、着て居るものですから、取次の下男だと思ったのでした。それでなくて顔だけで判断すると、魚だと言ったことでしょう。）この男は指関節（ゆびふし）で戸をトントンと叩きました。するとやっぱり仕着を着た、もう一人の下男が戸を開けて出て来ました。丸顔で蛙（かえる）のように大きな目をした男でした。そしてこの下男達は、二人とも頭一面に縮れ生えた髪に、髪粉（かみこ）を付けて居（お）りました。その人達の様子や何かすべてが、アリスには大変物珍しく、思われてきましたので、もっといろいろ知り度（た）くて、アリスは森から少し這いだして、耳をかたむけました。

魚の下男は、脇にかかえて居た自分ほどの大きさの封筒をとりだして、もう一人の下男に渡しながら、おごそかな声で言いました。「公爵夫人へ、女王様より、球打遊びの御招待。」といいました。蛙の下男は、同じようにおごそかな声で、ただ言葉の順序を一寸変えただけで、言いました。「女王様より、公爵夫人へ球打遊びの御招待。」

それから二人は大層腰を低くして御辞儀をしましたので、二人の髪の毛はもつれあってしまいました。

アリスは此の様子があまりにおかしいので、吹き出したくなりましたものですから、聞こえてはいけないと思って森の中を走って帰りました。少したってアリスが覗いて見ると、魚の下男はいなくなってもう一人の下男が、玄関の側の地面に腰を下ろし、馬鹿げた顔をして、空を見つめて居ました。

アリスはビクビクしながら、戸口まで行って戸を叩きました。

「戸を叩く必要なんかないよ。」とその下男が云いました。「それには二つの理由がある。第一にわしは、お前さんと同じ戸口の外に居る。第二に家の内側では大騒ぎをして居るから、誰もお前が戸を叩いたって聞こえやしないよ。」実際、家の内側では大層な物音がして居りました——たえず唸るような、くしゃみをするような音がして、時々皿か土瓶でも粉々にこわれるように、ガラガラという物音が響いていました。

M.W.T.

「それでは」とアリスが言いました。「どうしたら家（うち）へ入れますでしょうか。」

　下男はアリスの言うことなんかには構わずに言いつづけました。「二人の間に戸があるとすれば、戸を叩くのに何か考えがあるにちがいないさ。たとえばお前さんが戸の内側に居て、戸を叩くなら、わしはお前さんを外にだしてやることができるというものだ。」こう云いながらも始終（しじゅう）下男は空を見て居りました。アリスは随分失礼なことだと思いました。「けれども多分上の方を見ないでは居られないのだわ。」とアリスは独語（ひとりごと）をいいました。

「目が頭のてっぺんのところについて居るんだもの。でもとにかく尋ねたんだから、返事をしてくれてもよさそうなものだわ。ねえ、どうしたらうちに入れるんでしょう。」とアリスは大きな声で繰り返して言いました。

「わしは明日迄（まで）ここに座って居るよ――。」と下男は言いました。

　この時家の戸があき、大きなお皿が下男の頭へ向かって、真直（まっすぐ）にとんできて、鼻を掠（かす）めて、その下男の後ろにある樹にあたって、粉々に壊れてしまいました。

「――それともその明くる日まで居るかも知れない。」と下男は何事もなかったように同じ調子で言いました。

「どうしたら入れるのでしょうか。」とアリスは又（また）大きな声で言いました。

「お前はとにかく内に入りたいのだな。」と下男は言いました。「それが第一の問題なんだろう。」

　勿論それに違いありませんでした。けれどもアリスはそう言われるのが嫌いでした。

「動物などの言うことはほんとに、いやになってしまうわ。気ちがいにでもなりそうだわ。」とつぶやきました。

　下男はこれを好い機会だと思って、調子を変えてまた言いだしました。

「わしはここに、いつまでも、いつまでもズッと続けて座って居るよ。」と言いました。

「ではわたし、どうすればいいの。」とアリスが言いました。

「お前の好きなことをすればいいよ。」と下男は言って、口笛を吹き始めました。

「まあ、こんな人に何を言っても無駄だわ。」とアリスはあきらめたように言いました。

「この人は全くお馬鹿さんなのだわ。」こう言ってアリスは戸を開けて内に入っていきました。

　戸を開けると突きあたりは大きな台所でした。そして隅から隅まで煙で一杯になっていました。公爵夫人は台所の真中で赤ん坊に乳をやりながら、三本足の腰掛に座って居ました。料理番は火の前で身体をまげて、スープが一杯入って居るらしい、大鍋をかきまわしていました。

PEPPER

「このスープにはキット胡椒が入りすぎて居るのだわ。」とアリスはくしゃみをしながら、できる丈(だ)け大きな声で言いました。

　まったくのところ、胡椒がひどくその室中(へやじゅう)にとんでいるのでした。公爵夫人ですら時々くしゃみをしました。そして赤ん坊は、ひっきりなしにくしゃみをしたり、わあわあ泣いたりしていました。この台所の内でくしゃみをしなかった二人のものは、料理番と、竈(かまど)のそばにすわって耳から耳まで大きな口をして、ニヤニヤ笑って居る大猫とだけでした。

「あの失礼ですが、」とアリスは自分から先(ま)ず話しだすのは、礼儀作法にかなって居るかどうだか分からないものですから、少しおどおどしていいました。「何故あなたの猫はあんなにニヤニヤして居るのですか。」

「あれはチェシャー猫なのだ。」と公爵夫人は言いました。（チェシャー猫はいつも笑って居るような顔をして居るのです。）＊「それがその理由(わけ)なのさ。豚児(ぶたっこ)や。」

　アリスはこのおしまいの言葉が、あまり乱暴なので驚いてとび上がりました。けれどもアリスは直(ただ)ちに、それが赤ん坊に言いかけたので、自分に向かって言ったのではないということが分かりました。それで元気をだして又云い始めました。

「チェシャー猫はいつもニコニコ笑って居るものだ、と言うことは知りませんでした。

ほんとのところ、わたし猫が笑えるものだとは知りませんでした。」「そして大抵の猫は笑っているよ。」

「猫*はみんな笑えるんだよ。」と公爵夫人は言いました。

「わたし笑う猫を知りませんでしたの。」とアリスは夫人が話相手（はなしあいて）になってくれたのが、嬉しくて大層丁寧に言いました。

「お前は何にも知って居ないねえ。それはほんとうだよ。」と公爵夫人は言いました。

アリスは、どうもこの言葉つきが気に入りませんでした。そして何か外（ほか）に新しい会話（はなし）の題をひきだしたいと思いました。アリスが何かの題に決めようと考えていますと、料理番の女はスープの大きな大鍋を竈（かまど）から下ろしました。そして直ちに自分の手の届くものを何でもとって、公爵夫人と赤ん坊に向かって投げかけだしました。――初めに火箸を、それから小皿や大皿や平皿を雨のように投げつけました。公爵夫人は当たっても平気ですましていました。そして赤ん坊は前からズッと泣き通しで居ましたから、何かあたって痛いから泣くのか、少しも分かりませんでした。

「まあ、どうか気をつけてして下さい。」とアリスは怖がってあちらこちらを跳び廻りながら叫びました。「まあ、あの子の大切な鼻がとれるわ。」外れて大きな皿*が赤ん坊の鼻をかすめて、もうすこしのことで、もいでしまうところでした。

「誰でも自分の仕事に気をつけてしさえすれば。」としゃがれた声で、公爵夫人が言いました。「世界はズッと早く廻っていくだろうよ。」

「それはためにならないでしょう。」とアリスは自分の学問を示すのに、いい時だと思って、大層喜んでいいました。「まあそうなると夜と昼とが、どうなることか考えてごらんなさい。御承知のように地球はおのが軸の上を廻るのに二十四時間かかるのですよ——。」

「おの（斧）だって。」と公爵夫人は言いました。「首をちょんぎっておしまい。」

アリスは料理番がほんとに、言われた通りにするかどうか、心配そうにそっちをちらと見ました。けれども料理番は忙しく、スープをかきまわしながら、何にも耳に入らないようでした。それでアリスは又言いつづけました。「二十四時間だと思いますけれど、それとも十二時間だったかしら、わたし——。」

「まあ、うるさいね。」と公爵夫人は言いました。「わたし数字なんか嫌いだよ。」こういって、夫人は自分の赤ん坊に乳をやりはじめました。そうしながら子守唄のようなものを唄って、唄の終(しま)いに赤ん坊をひどくゆりました。*

男の子にはガミガミ言ってやれ、
　くしゃみをしたら殴(ぶ)ってやれ。
人困らせにやるんだもの、
　せっつく事を知っていて。
合唱（これには赤ん坊も料理番も一緒でした。）
　ワウ、ワウ、ワウ、

公爵夫人は次の歌の文句を唄いながら、赤ん坊を荒々しく高く上げたり落としたりしました。赤ん坊はひどく泣きましたからアリスには唄の文句が聞こえない位(くらい)でした。

わたしの子供にはガミガミ言いまする、
　くしゃみをすれば殴ります。
気のむくだけ胡椒をば、
　充分嗅ぐことができるんだもの。
合唱　　ワウ、ワウ、ワウ、

「おい、お前よければ少しお守をしておくれ。」と公爵夫人はアリスに言いながら、赤ん坊を投りつづけました。「わたしはこれから出かけて、女王様との球打遊びの支度をしなければならないのだ。」と言って室から急いで出ていきました。料理番はフライ鍋を夫人のうしろからぶっつけましたが、それはあたりませんでした。

アリスは、やっとのことで赤ん坊をうけとりました。赤ん坊は奇妙な形をして居て、手足を八方にのばしました。「まるでひとでのようだわ。」とアリスは考えました。アリスが抱きとりました時、赤ん坊は蒸気機関のように荒い鼻息をしていました。そして身体を二重に折ってみたり、真直にのばしてみたりするので、初め一寸の間は、全くそれを抱いて居ることがアリスには精一杯のことでした。

間もなく、アリスは赤ん坊をお守するよい方法を考えつきました。（それは赤ん坊を撚って結び目のようなものにして、それからほどけないように右耳と左足をしっかり抑えておくことでした。）こうやってアリスは、赤ん坊を外に抱いてでました。「わたしが抱いてでなかったら、この赤ん坊なんか一日か、二日のうちに殺されてしまうわ。それをすてて行くのは人殺しをするようなものだわ。」とアリスは考えました。アリスはこの終いの言葉を大きな声で言いました。すると赤ん坊は、返事に豚のようにブウブウ言いました。（このときには、くしゃみは止めていました。）「ブウブウお言いでない。」とアリスは言いました。「そんなのチットもいい話しぶりじゃないわ。」

赤ん坊はまたブウブウ言いました。アリスは赤ん坊が、どうかしたのではないかと思って、大層心配そうに顔を見て居ました。たしかにそれは大変上を向いた鼻でした。鼻と云うよりもむしろ嘴（くちばし）のようでした。*又その目は赤ん坊にしてはずいぶん小さいものでした。それでアリスは全く赤ん坊の顔が嫌になってしまいました。「でも此（こ）の子はすすり泣きをしていたのかもしれないわ。」とアリスは考えて、涙がでていやしないかと、又赤ん坊の眼を見ました。

涙なんか一つもありませんでした。「ねえ、坊やが豚にでもなるのなら、わたしはかまってあげないわよ。いいかい。」とアリスは真面目くさって言いました。可哀そうな赤ん坊は、又しくしく泣きました。（又はブウブウ言いました。これはどちらとも云うことができませんでした。）それから二人はしばらくの間黙って歩いていきました。

アリスはそのときこう考え始めました。「まあ、わたしうちに帰ったらこの子をどうしましょう。」すると赤ん坊が又ひどく、ブウブウ泣き始めましたから、アリスは少々驚いて赤ん坊の顔を見ました。こん度は全く間違いなし、それは豚にちがいありませんでした。それでアリスはこんなものを抱いて、この先（さ）きあるいていくのは、全く馬鹿らしいと思いました。

で、アリスはこの子を下におろしてやりました。するとヒョコヒョコと、森の中へ歩いていったので、安心をしました。「あれが大きくなったら、」とアリスは独語をいいだしました。「ずいぶんみっともない子になるでしょう。でも豚にすればきれいな方だわ。」そう言って、アリスは自分の知って居るうちで豚にしたら、よさそうな子供のことを考えました。それからこう独語をいいだしました。「人の子を豚にかえる、ほんとに方法が分かって居るといいのだけれども――。」するとそのとき驚いた事に二、三尺離れた樹の枝にチェシャー猫が座っているのが見えました。

猫はアリスの顔を見ても、ニヤニヤしてばかりいました。素直な猫だとアリスは思いました。けれども大層長い爪と、大きな歯を沢山もって居るので、アリスはこりゃ丁寧にあしらわないと、いけないと思いました。

「チェシャーのニャンちゃん。」アリスはこう呼びかけて、猫が嫌いはしないかと、少しおじおじしました。

けれども猫は前より大きな口をあけて、ニヤニヤして居るばかりでした。「まあ気に入って居るらしいわ。」とアリスは考えて、言い続けました。「済みませんが、ここから行くにはどの道をいけばよろしいんでしょう。」

「それはお前さんの行きたいと思って居るところできまるよ。」と猫はいいました。

「わたしどこでもかまわないのです。」とアリスは言いました。

「それじゃどっちを行っても構わないさ。」と猫が言いました。

「――どこかへ行けさえすれば。」とアリスは弁解（いいわけ）らしく言い加えました。

「まあ、お前ながいこと歩いて行きさえすれば、どこかに行けるよ。」と猫は言いました。

アリスはこの言葉が、もっともだと思いましたので、今度は別の問（とい）をだしました。

「この辺には、どんな人が住んで居るのでしょうか。」

「あの方角には、」と猫は、右の前足をぐるぐる廻して言いました。「お帽子屋（帽子屋と言っても帽子を売ったり作ったりする人のことではありません。アダ名の帽子屋です。）*が住んで居る。それからあの方角には、」と別の前足を動かして言いました。「三月兎が住んで居る。どっちでも、気のむいた方へ行ってごらん。二人とも気違いだよ。」

「けれどわたし、気違いの人達のところなんかへ行きたくないわ。」とアリスは言いました。

「だが、そうはいかないよ。ここではみんなが気違いなんだ。わたしも気違いだし、お前も気違いなのだ。」と猫は言いました。

「わたしが気違いだということが、どうして分かって。」とアリスは言いました。

「お前は気違いに相違ないよ。」と猫が言いました。「それでなければ、こんなところへ来やしないよ。」

アリスはそんなことで、気違いだということにならないと思いましたが、尚続けて言いました。「それではお前が気違いだということが、どうして分かるの。」

「まず第一に、」と猫は言いました。「犬は気違いではない。お前それを認めるかい。」

「そう思うわ。」とアリスが言いました。

「よろしい、それでは。」と猫は続けて言いました。

「犬がおこると唸って、嬉しいと尻尾をふることは、お前さん御承知だろう。ところでわたしは、嬉しいと唸るし、おこると尻尾をふるんだ。それだからわたしは気違いなのだよ。」

「わたしは、そのことを唸るとはいわないで、ゴロゴロいうと言いますわ。」とアリスが言いました。

「どうとでもお言いなさい。」と猫は言いました。「お前さんは今日女王様と球打遊びをするのかい。」

「わたし球打が大好きなんだけれども、まだ招待をうけていないわ。」とアリスは言いました。

「あそこでなら私に会えるよ。」そう言ったかと思うと、猫は姿を消してしまいました。

アリスはこれには、そんなに驚きませんでした。というのも色々な珍しい出来事には、もう馴(な)れて居たからでした。それからアリスがまだやっぱり猫の居たところを見て居ますと、突然(だしぬけ)に又猫が姿をあらわしました。

「ついでのことだが、赤ん坊はどうなったい。」と猫は言いました。「私ゃ訊(き)くのを忘れそうだったよ。」

「あの子は豚になったよ。」とアリスは、猫がまるで、あたりまえに戻って来たかのように、静かに答えました。

「うん、そうだろうと、わたしも思って居た。」と猫は言って、又姿を消してしまいました。

アリスは猫が、また出てくるのかと思って待って居ましたが、もう出て来ませんでした。それからアリスは、三月兎の住んで居ると云う方角へ向かって歩いていきました。「わたし帽子屋には前にあったことがあるわ。」とアリスは独語（ひとりごと）をいいました。「三月兎はきっと、とてもとても素敵に面白いと思うわ。それに今は五月なんだから、そう気違いじみてもいないと思うわ。——すくなくとも三月ほど気が変じゃないでしょう。」アリスはこう言って上を見ました。すると又猫が樹の枝の上に座って居りました。

「お前はピッグ（豚）と言ったのかい、フィッグ（無花果）と言ったのかい。」と猫が言いました。

「豚と言ったのだわ。」とアリスは答えました。

「そしてわたしお前がそんなに突然（だしぬけ）に現れたり、消えたりなんかしないでくれればいいと思うわ。わたしほんとに目がまわりそうよ。」

「よろしい。」と猫は言いました。今度はそろりそろりとまず尻尾の先から消えて、しまいにはニヤニヤ笑いがのこりました。それはからだの外（ほか）の部分が消えてしまっても、あとまで残っていました。

「まあ、わたし今までにニヤニヤ笑いをしない猫は、幾度も見ているけれど、猫がいなくてニヤニヤ笑いだけなんて、初めて見たわ。これが生まれて初めて見たふしぎなことだわ。*」とアリスは言いました。

アリスがそう長くは歩かないうちに三月兎の家が見えてきました。アリスはこれがほんとの兎の家だと思いました。なぜなら煙突は兎の耳のような形をしていましたし、屋根は兎の毛皮でふいてありましたからです。随分大きな家でしたから、アリスは茸の左側をかじって二尺位の背になってからではないと、近づく気になれませんでした。その時ですらアリスはビクビクしながら家の方へ歩いていき、こんな独語をいいました。「何だかやっぱり兎もひどい気違いかもしれないわ。わたし兎のかわりに帽子屋に会いに行けばよかったらしいわ。」

七　気違いの茶話会

家の前の樹の下に、一つのテーブルが置いてありました。そして三月兎とお帽子屋とがそれに向かって、お茶をのんで居りました。山鼠が二人の間に座ったまま、グウグウ寝て居りました。すると前の二人は山鼠をクッションにして肘をその上にのせ、その頭の上で話をして居ました。「山鼠は随分気持ちがわるいでしょうねえ。」とアリスは考えました。「でもまあ、よくねて居るから何ともないだろうけれど。」

テーブルは大きなのでしたが、三人はその隅っこの方にかたまって座って居ました。アリスがやって来たのを見ると、二人が、「席がない、席がない。」とどなりました。「あいたところは沢山あるじゃないの。」とアリスは怒ってそう言って、直ぐに、テーブルの隅にあった、大きな安楽椅子に腰を下ろしました。

「葡萄酒をお上がり。」と三月兎はすすめるようにいいました。

アリスはテーブルを見まわしましたが、お茶の外（ほか）には葡萄酒なんかありませんでした。「葡萄酒なんか見あたらないわ。」とアリスは言いました。

「少しもないよ。」と三月兎が言いました。

「それでは、ないものをすすめるなんて失礼じゃありませんか。」とアリスは怒って言いました。

「招待をうけないで座るのは失礼じゃないか。」と三月兎は言いました。

「わたし、お前さんのテーブルとは知らなかったのです。」とアリスは言いました。

「三人よりもっと多勢（おおぜい）の為に置いてあるんじゃないの。」とアリスは言いました。

「お前の髪は切らなければいけない。」とお帽子屋は言いました。お帽子屋はしばらくの間、不思議そうな顔をして、アリスをジッと見て居たのでした。それでこれがお帽子屋の最初の言葉でした。

「人の事、あんまり立ちいっていうもんじゃないわよ。」とアリスは少しきびしく言いました。「ずいぶん失礼だわ。」

お帽子屋はこれを聞いて目を大きくあけました。けれども、それからお帽子屋の言ったことは「烏（からす）は何故写字机（しゃじつくえ）に似て居るのだろうか。*」ということだけでした。

「さあ、これから面白くなってくるわ。」とアリスは考えました。「みんなが謎をかけはじめたならうれしいわ――あたしきっと当てられるわ。」と大きな声でつけ加えました。

「お前がそれに答えを見つけられるっていうつもりなのかい。」と三月兎が言いました。

「そうだとも。」とアリスは言いました。

「それではおまえの思って居ることを言わなければいけない。」と三月兎はつづけて言いました。

「わたし言いますわ。」とアリスはあわてて答えました。「すくなくとも――すくなくとも、わたしの言ってることを、わたしは思って居るのですわ、――それは同じですわ、ねえ。」

「少しも同じじゃない。」とお帽子屋は言いました。「それでは『わたしはわたしの食べて居るものを見ている』というのと、『わたしの見ているものを、わたしは食べている』というのと同じことになると、お前は言おうというのだねえ。」

すると三月兎がそれに附け加えて言いました。「それでは『わたしが手に入れたものを、わたしは好きだ』と言うのと、『わたしはわたしの好きなものを手に入れた』と云うのと同じだとお前は言おうというのだねえ。」

すると山鼠がそれにいい加えました。それは眠ったままものを言って居るように見えました。

「それでは、『わたしは、わたしがねているとき呼吸をする』と云うのと、『わたしは呼吸をするとき、寝る』と云うのと同じことになると、お前は言おうというのだねえ。」

「お前さんにはそれは同じことだよ。」（山鼠はいつも寝て居るということからでて来たのです。*）とお帽子屋は言いました。これで会話はおしまいになって、みんなはしばらく黙ってしまいました。けれどもアリスは自分の知って居る限りの鳥と、写字机のことをのこらず（といってもそう沢山ではありませんでしたが）思い出して見ました。*

まず口を切ったのはお帽子屋でした。「今日は何日(いくか)だい。」とアリスの方を向いて言いました。お帽子屋はそれまでポケットから、懐中時計をとりだして、不安そうに眺めたり、時々振ったり、それから耳許(みみもと)に持っていったりしていました。

アリスは一寸(ちょっと)考えて、「四日です。」と言いました。

「二日違って居るよ。」とお帽子屋は溜息(ためいき)をついて言いました。「それでわしは、バタは仕事に何の役にもたたないといったのだ。*」と怒った顔で、三月兎を見ながら言いました。

「ありゃあ一番上等のバタだったよ。」と三月兎はおとなしく答えました。

「うん、だがパン屑もいくらか入って居たよ。」とお帽子屋はぶつぶつ言いました。「パン切りナイフなんか、入れてはいけなかったんだよ。*」

三月兎は時計をだして、沈んだ顔をして見ていました。それから時計を茶呑茶碗に入れて*また見ました。けれども最初の言葉通り、又、「ありゃ一番上等のバタだったよ。ねえ。」と云うよりほかにいい考えが出てきませんでした。

アリスは物珍しく、兎を肩越しに見て居ました。

「何んて面白い時計でしょう。」とアリスは言いました。「何日かを示して、何時かを示さないのね。」

「ふん、そんな用があるもんか。」とお帽子屋はつぶやきました。「お前の時計は年が分かるかい。」

「無論分かりっこないわ。」とアリスはきっぱり答えました。「でもそれは随分永い間同じ年で、とまっているからよ。」

「それは丁度わたしのと同じだ。」とお帽子屋がいいました。

アリスはひどく、分からなくなってしまいました。お帽子屋の言葉は何の意味もないようにアリスには思えました。けれども、それはたしかに英語でした。「わたしあなたのいうことが、少しも分かりませんわ。」と、できる丈(だけ)丁寧にアリスは言いました。

「山鼠は又寝てしまった。」とお帽子屋は言って、その鼻の中に熱いお茶を注(つ)ぎ込(こ)みました。

山鼠はいらいらした様に、頭をふりました。そして目を開けないで、こう言いました。「無論さ、無論のことさ。そりゃわたしが言おうとした通りだよ。」

「お前謎がとけたかい。」とお帽子屋はアリスの方を向きながら言いました。

「いいえ、わたしやめたわ。」とアリスは言いました。「答えは何なの。」

「わたしには、チッとも考えつかないよ。」とお帽子屋は言いました。

「わたしにも。」と三月兎は言いました。

アリスは、いやになったものですから、溜息をつきました。

「お前さんたち、そんな答えのない謎をかけて、時をむだにするより、もっとそれを、上手につかう工夫がありそうなものだわ。」とアリスは言いました。

「若(も)しお前さんが、わたしと同じに、時と知り合いなら、それをむだにするなんぞとはいわないだろう。それじゃなくて、あの人と云うんだよ。」

「わたし、お前さんの云うことが分からないわ。」とアリスは言いました。

「無論わからないだろう。」とお帽子屋は、馬鹿にしたように、頭をつきだして言いました。「多分お前は時に話しかけたことはないだろう。」

「恐らくないことよ。」とアリスは用心深く答えました。「けれどわたし音楽を稽古するとき、時を打つ（拍子をとる）ことを知って居りますわ。」

「ああ、それで分かったよ。」とお帽子屋は言いました。「あいつは打たれるのをいやがるだろう。そこでお前があれと仲良くして居さえすれば、お前の好きなように時計を動かしてくれるよ。たとえて言えば、朝の九時が本を読みはじめる時間だとすると、*お前は時にちょいと小さい声で合図するんだ。すると目ばたきするうちに、針がまわるのだ。それで昼飯の一時半ということになるんだ。」

（三月兎は、すると小声で独りごとをいいました。「わしはそればかりのぞむのだ。」）

「それは素敵らしいわねえ。」とアリスは考えこんで言いました。「でも、そうなると――それでお腹までへるということはないでしょう。」

「多分初めはないだろう。」とお帽子屋は言いました。「だがお前さえその気になりゃ、一時半に合わす事が出来るようになるさ。*」

「それがお前さんのやり方なの。」とアリスは尋ねました。

お帽子屋は悲しそうに頭をふりました。「わたしにはやれないよ。」と答えました。「わたし達はこの三月に、喧嘩をしたのだ。丁度あれが気違いになるまえにさ——。」（とお茶の匙で三月兎を指ざしながら）——「ハートの女王主催の大音楽会があった時だったよ。それにわしも歌わなければならなかったのだ。」

『ひらり、ひらり、小さな蝙蝠(こうもり)よ、
お前は何を狙って居るの。*』

「お前この歌を知って居るだろうねえ。」

「わたし聞いたようよ。」とアリスがいいました。

「次はこうなんだ、ねえ。」とお帽子屋は歌いつづけました。

『世界の上を飛び回り、
まるでみ空の茶盆(ちゃぼん)のようだ。
ひらり、ひらり——』

そのとき山鼠が身体をふって、睡(ねむ)りながらうたいました。「ひらり、ひらり、ひらり、ひらり――。」いつまでたってもやめませんでしたから、みんなは抓(つね)ってやめさせました。

「さて、わしはまだ第一節を歌いきらない中(うち)にだね。」とお帽子屋は話しだしました。「女王はどなりだしたんだ。『あの男は時を殺して居る。首を切ってしまえ』って。」

「まあ、なんてひどい野蛮なのでしょう。」とアリスは叫びました。

「それ以来ズッと、」とお帽子屋は悲しそうな声で言いつづけました。「あいつは、わたしの頼むことをしてくれないのだ。それでいつでも六時なのだよ。」

それでアリスは、ハッキリと一つの考えが浮かんできました。「それでここにこんなにお茶道具がならんで居るのですか。」と尋ねました。

「うん、そうなんだよ。」とお帽子屋は溜息をついて言いました。「いつでもお茶の時刻なんだ。それで、お茶道具を洗う時間なんてないんだよ。」

「それじゃお前さんは、いつもぐるぐる動きまわって居るのねえ。」とアリスは言いました。

「その通りだ。お茶道具を使ったら、隣の席にずれるんだよ。」とお帽子屋は言いました。

「けれども、お前さんはいつか初めの席に帰るでしょう。そうしたらどうするの。」*とアリスは元気をだして尋ねました。

「話の題を変えるといいなあ。」と三月兎はあくびをしながら、口を入れました。「わしはこの話にはあきてきたよ。若い御婦人に一つ話しだしてもらいたいよ。」

「わたし話なんか知らないことよ。」とアリスはこの申し出に一寸(ちょっと)驚いて言いました。

「それでは山鼠が話さなければいけない。」と二人が言いました。「目をさませよ、山鼠。」こう言って二人はその横腹を両方からつねりました。

　山鼠はそろそろと目を開けました。「わしは寝入ってなぞいやしないよ。」としゃがれた細いた声で言いました。「わしはおまえ達が話してた言葉は一々(いちいち)聞いていたのだよ。」

「何か話を聞かせないか。」と三月兎は言いました。

「さあ、どうぞ、お願いします。」とアリスが頼みました。

「さあ早くやれよ。」とお帽子屋はつけ加えました。「そうでないと、話がすまないうちにまた寝てしまうからなあ。」

「むかし、むかし三人の、小さい姉妹(きょうだい)がありました。」と、大急ぎで山鼠が話しだしました。「そしてその子たちの名前は、エルジーに、レーシーに、チリーといいました。

三人は井戸の底にすんでいました――。」

「その人達は何を食べて生きていたの。」とアリスはいいました。アリスはいつも食べたり飲んだりすることに大層興味を持っていました。

「その人たちは砂糖水をのんで生きていたよ。*」と山鼠は少しの間考えて言いました。

「それでは暮らしていけなかったでしょうねえ。」とアリスはやさしく言いました。

「病気になったでしょうねえ。」

「そうなんだよ。」と山鼠が言いました。「大層わるかったよ。」

アリスは、こんな風変わりなくらし方をしたら、どんなだろうかと一寸(ちょっと)考えて見ましたが、あまり妙に思えたものですから、つづけて尋ねました。「では、なぜその人達は井戸の底で暮らしていたの。」

「もっとお茶をお上がり。」と三月兎はアリスに熱心にすすめました。

「わたしまだ何にも飲んでいませんわ。」とアリスは怒って言いました。「それだから、もっとなんて飲みようがないわ。」

「お前はもっと少しは飲めないと云うんだろう。何にも飲まないより、もっと多く飲む方が大層楽だよ。」とお帽子屋がいいました。

「誰もお前さんの意見なんかききはしないよ。」とアリスが言いました。

「さあ、人の事をたちいって喋るのは誰だ。」とお帽子屋は得意になってたずねました。

　アリスはこれに何と言ってよいか全く分かりませんでした。それでアリスは自分でお茶とバタ附パンをとり、それから山鼠の方をむいて又、質ねました。「なぜ井戸の底に住んで居たの。」

　山鼠は又一、二分考えてから言いました。「それは砂糖水の井戸だったのだ。」

「そんなものはないわ。」とアリスは大層怒って言いだしました。お帽子屋と三月兎とは「シッ、シッ。」と言いました。すると山鼠がふくれていいました。「もしお前さんが、礼をわきまえなければ、自分でそのお話のけりをつけた方がいいよ。」

「いいえ、どうか先を話して下さい。」とアリスは大層おとなしくいいました。「わたしもう口出しなんかしませんわ。一つ位そんな井戸があるかも知れないわね。」

「一つだって。」と山鼠は怒っていいました。けれどもつづけていうことを承知しました。「さてこの三人の姉妹は――この三人の姉妹は、汲みだすことを覚えました。」

「何を汲みだしたの。*」とアリスはさっきの約束を、スッカリ忘れて言いました。

「砂糖水をだよ。」と山鼠は今度は、チットも考えないで言いました。

「わたしはきれいな、コップが欲しい。」とお帽子屋が口を入れました。「みんな場所を変えようじゃないか。」

　お帽子屋はこう言いながら動きだしました。山鼠があとにつづいていきました。アリスは少しいやいやながら、三月兎のいた場所へ座りました。席をかえた事で得をしたのは、お帽子屋だけでした。アリスは前いたところよりズット悪い場所でした。というのは三月兎が、今しがたミルク壺を皿の上でひっくり返したからでした。

　アリスは山鼠を、おこらしてはいけないと思いましたので、大層気をつけて話しだしました。

「けれども、わたし分からないわ。その人達はどこから、砂糖水を汲みだしたのでしようねえ。」

「お前さん淡水（まみず）は、淡水（まみず）の井戸から汲みだすだろう。」とお帽子屋はいいました。「それじゃ砂糖水は、砂糖水の井戸から汲めるわけじゃないか、――え！　馬鹿！」

「でもその人達は井戸の中にいたんでしょう。」とアリスは今お帽子屋のいった終（しま）いの言葉には、気づかないような風をして、山鼠にむかって言いました。

「無論井戸の中にいたのさ。」と山鼠はいいました。

この返事は可哀想なアリスを、ますます分からなくさせたものですから、アリスはもう口を入れないで、しばらくの間山鼠に勝手にしゃべらせていました。

「姉妹たちは、汲みだすことを覚えました。」と山鼠は大層睡（ねむ）たかったものですから、欠伸（あくび）をして目を擦（こす）りながら言いました。「いろんなものを汲みだしました。――Mの字のつくものは何（な）んでも。」

「どうしてMの字のつくものを。」とアリスが言いました。

「何故それではいけないというのだ。」と三月兎が言いました。

アリスは黙ってしまいました。

山鼠はこの時両眼（りょうがん）をとじて、コクリコクリと睡り始めました。けれどもお帽子屋につねられたのでキャッと言って目をさましました。そして言いつづけました。「――先（ま）ずMの字で始まって居るものは、鼠わな（Mouse traps（マウス・トラップ））、お月様（Moon（ムーン））、もの覚え（Memory（メモリー））、それから、どっさり（Muchness（マッチネス））、――それにお前も知っている、似たり寄ったり（Much of Muchness（マッチ・オブ・マッチネス））、というものをさ。お前今までに『似たり寄ったり』を汲みだすのを見たことがあるかい。」

「おや、おまえさん今、わたしにものを訊(き)いたのねえ。」とアリスは全くこんがらがっていいました。「わたし知らないわ――。」

「それじゃ、お前お話をしてはいけない。」とお帽子屋が言いました。

　この失礼な言葉で、アリスはもう我慢ができなくなってしまいました。で、すっかり怒って、立ち上がって歩きだしました。山鼠は直(すぐ)に寝入ってしまいました。他のものはアリスの出ていくのには、気をとられていないようでした。けれどもアリスは呼び返されるだろうと思って、一、二度振り返って見ました。一番しまいにふり返りましたとき、二人は山鼠を急須*の中に入れようとしていました。

「とにかく、わたしはもう決して、あすこへ行かないわ。」とアリスは森の中をテクテク歩きながら言いました。「あんな馬鹿げた茶話会には、わたし生まれて初めていったわ。」

　丁度アリスが、こういいましたとき、気がついて見ると一本の樹に戸がついていて、その中に入れるようでした。「ずいぶん珍しいのね。」とアリスは考えました。「でも今日は何から何まで、珍しずくめだもの。だからやっぱり又、直ぐ入ってみてもいいと思うわ。」そういってアリスは内(うち)へ入っていきました。

又もやアリスは、長い広間の内にでました。そしてすぐ側（そば）にガラスのテーブルがありました。「さあ、今度はうまくやれそうだわ。」と独りごとを言いながら、金の鍵を手にとって、庭につづいて居る戸をあけました。それからアリスは、背（せい）が一尺位になるまで、茸（きのこ）をかじり始めました。（アリスは茸をポケットに入れていたのでした。）それから小さい廊下を通っていって、そして――とうとう目の覚めるような花床（はなどこ）や、涼しい泉水（せんすい）のある綺麗な庭にでていきました。

八　女王の球打場(たまうちば)

大きな薔薇の樹が、庭の入口の傍(そば)に植わって居りました。その樹に咲いて居る花は白でした。けれども三人の庭師が、せっせとそれを赤く塗って居(お)りました。アリスは大層不思議に思って、よく見るために側(そば)へと寄っていきました。アリスが三人のところへ間近に来ましたとき一人が、「おい、気をつけろい、五の野郎、こんなにおれに絵具をはねかすない。」と怒鳴っているのが聞こえました。*

「どうともしようがないさ。」と五は不機嫌そうに言いました。「七の野郎がおれの肘をついたんだよ。」

すると七が顔を上げて言いました。「そうだろうよ、五の野郎、お前はいつも他人に罪をなすりやがる。」

「貴様余(よ)けいな口なんぞ利かない方がいいぜ。」と五がいいました。

「おれはつい昨日も女王様が、貴様を打首にしてもいい位だっておっしゃるのを聞いたぞ。」

「何でだ。」と、初めの男が言いました。*

「それはお前には用のないことだ、二の野郎。」と七がいいました。

「いいや、それはそいつに用のあることだ。」と五がいいました。*「それだからわしがこいつに話してやるよ――玉葱の代わりにチューリップの根を料理番に渡したからなんだ。」

七は刷毛を投げだして、こういい始めました。「さてまあ、いろいろと、不公平な事のうちで――。」このとき七は、アリスが、そこに立ってジッと見ているのを知ったものですから、急に言いかけた言葉をのみ込みました。それで他のものも亦周りを見まわして、アリスの居るのに気がつきました。みんなは揃って丁寧にお辞儀をしました。

「あの一寸お尋ねしたいのですが。」とアリスは少しくおどおどして言いました。「どうしてこの薔薇を塗っていらっしゃるんですか。」

五と七は何にも言わないで、二の方を見ました。二が低い声で話しはじめました。

「まあ、その理由と云うのはねえお嬢さん、ここに赤い薔薇の樹を植えなければなら

なかったのです。ところが間違えて白い樹を植えたのです。そのことを女王様に見つけられたら、わたし達はみんな打首になるのです。それでお分かりでもありましょうが、女王様がここへいらっしゃらないうちに、一生懸命赤に塗って居る次第なのです——。」このとき庭の向こうをキョロキョロ見て見た五が叫びだしました。「女王様だ、女王様だ。」すると三人の庭師は、直ちに、平伏してしまいました。多勢の人の足音がやって来ました。アリスはぜひ女王を見たいと思って、すぐ振り返りました。

先ず初めに棒を持っている、十人の兵士がやって来ました。この兵士共は庭師と同じような格好をして居ました。それは平べったい長ぼそい形で、その角から手や足がでていました。次に十人の廷臣たちがやって来ました。この人達は全身ダイヤモンドで飾られていて、兵士達と同じに二列になって歩いてきました。そのあとから王子たちが来ました。みんなで十人、二人ずつ手をつないで、この小さい可愛らしい子供たちは、愉快そうにとんでやって来るのでした。どれもみんなハートの形で飾られて居りました。次には賓客達で、大抵は王子様か女王様でしたが、アリスはその中に白兎が入って居るのを見つけました。兎はあわてた、こせついた風で話をしながら、話の一つ一つにニコニコ笑ったりして、アリスには気づかない風でそばを通りすぎました。それからハートのジャックが王冠を朱の天鵞絨の褥の上にのせて持っていきました。

そしてこの大行列の一番終わりに**ハートの王様と女王**とがやってきました。

　アリスは三人の庭師のように、顔を地につけて平伏(ひれふ)して居なければならないものかどうか、疑わしく思いました。行列を見る場合そんな規則があるなどと聞いた覚えがありませんでした。「それに人々が行列が見えないほど顔を地につけて平伏(ひれふ)して居ては行列をしたって、何の役にもたたないじゃないの。」と考えました。それでアリスは自分の場所に立って行列のくるのを待っていました。

　行列がアリスの方へやって来ましたとき、みんな一人残らず立ち止まってアリスを見ました。すると女王はいかめしい顔をして言いました。「これは誰だ。」女王はハートのジャックにいったのでしたが、この男はただお辞儀をしてニコニコ笑って居るばかりでした。

「馬鹿！」と女王は我慢しきれない様に、頭をふりながらそう云ってから、アリスの方を向いて訊ねました。「お前の名は何というのだい。」

「陛下、私(わたくし)の名前はアリスでございます。」と大層丁寧にいいましたが、心の中(うち)ではこう思いました。「まあ、この人達はつまり、カルタの一組(ひとくみ)*にすぎないじゃないの、わたしこんな人達こわがるには及ばないわ。」

「それから、この者たちは誰だ。」と女王は薔薇の樹のグルリに、平伏(ひれふ)して居る、三人の庭師を指ざしながら言いました。なぜなら、この男達は地に平伏して居るので、背中の印は外のカルタ仲間と同じですから、庭師だか、兵士だか、廷臣だか、自分たちの子供の中の三人だか分からないのでした。

「どうしてわたしに分かりましょうか。」とアリスはいって、自分ながらそういいだした勇気に驚きました。「そんなことはわたしに係りのない事でございます。」

女王は怒って真赤になりました。しばらくの間恐ろしい獣のような目をして睨んでいましたが、金切声でどなり始めました。「あの女の子の首を切れ、切ってしまえ。」

「馬鹿ねえ。」とアリスは大層大きな声で、キッパリと言いました。*すると女王は黙り込んでしまいました。

王様は女王の腕に手をかけて、おじおじしながら言いました。「まあ、おまえ、考えてごらん。あれはねんねえに過ぎないよ。」

女王は怒って王様から顔をそむけて、ジャックに言いました。「あいつらを、ひっくり返せ。」

ジャックは大層用心深く片足で、言われた通りにしました。

「おきろ。」と女王は金切声をはり上げて言いました。すると三人の庭師は直ちにとび起きて、王様や女王様や、王子たちや其の外、誰にでもお辞儀をし始めました。

「もうお止め。」と女王は金切声でいいました。「おまえたちのすることを見て居ると、目がまわってくる。」それから薔薇の樹の方を向いて、いいました。「お前たちはここで何をしていたのだい。」

「陛下のお気に召すように。」と二は片膝をつきながら、恐れ入った声でいいました。*

「わたしたちはあの――。」

「分かった。」と女王は薔薇の花を調べて見てから言いました。「この男たちを打首にしろ。」それから行列は動き出しました。後にはこの不仕合わせな庭師を死刑に処するために、三人の兵士が残りました。三人の庭師たちはアリスのところへ走って来て助けを願いました。

「お前たち打首になることはないわ。」とアリスは言って、近くに置いてあった大きな植木鉢の中に三人を入れてしまいました。三人の兵士たちは、しばらくの間、庭師を探しに歩きまわっていましたが、やがて落ちつきはらって行列の後についていきました。

「打首にしたか。」と女王が叫びました。

「仰せの通りに、首をはねましてございます。*」と兵士たちは叫びかえしました。

「よろしい。」と女王は叫びました。「お前球打遊びができるか。」

兵士たちは黙ってアリスの顔を見ました。——というのは、この問（とい）は明らかにアリスに尋ねられたからでした。

「はい。」とアリスは大声でいいました。

「それではおいで。」と女王はどなりました。

そこでアリスは、この次にはどんなことが起こるだろうかと思って、行列に加わりました。

「ええと、ええと、大層よい天気ですなあ。」とアリスのそばで、おどおどした声が言いました。アリスは例の白兎のそばを歩いて居るのでした。兎は心配そうにアリスの顔をのぞき込んでいました。

「大層よいのねえ。」とアリスが言いました。「公爵夫人はどこにいらっしゃるの。」

「シッ、シッ。」と兎はあわてて、小さい声でいいました。こう言いながら兎は心配そうに一寸（ちょっと）振り返りました。それから爪先立（つまさきだち）をして、アリスの耳に口をつけ、ささやきました。「夫人は死刑の宣告をうけたのです。」

「なんで。」とアリスは言いました。

「あなたは『なんて気の毒な』といったのですか。」と兎が訊ねました。

「いいえ、そうじゃないわ。」とアリスは答えました。「わたし少しも気の毒には思いませんわ。『なんで』とわたしはいったのよ。」

「夫人は女王様の耳を打ったのでした。」――と兎はいい始めました。アリスはキャッ、キャッと笑いました。「まあ、お静かに。」と兎は驚いていいました。「女王様に聞こえますよ！　公爵夫人はね、少し遅くなって来たのです。するとと女王様がおっしゃるのに――。」

「みんな場所におつき。」と女王は雷のような声でいいました。家来たちは、ぶつかり合ってころびながら、そこいら中を駈けまわり始めました。けれども、一、二分のうちに場におちついて、それで遊戯が始まりました。

アリスは、こんな珍しい球打場は、生まれて初めて見たと思いました。それは、どこも畦や溝ばかりでした。球は生きた蝟で、棒は生きた紅鶴でした。そして兵士たちは、アーチをつくるのに、自分達の身体を二重に折って、手と足とで立たなければなりませんでした。

アリスが先ず一番むずかしいことだと思ったのは、紅鶴をあつかうことでした。ア

リスはそれの身体を丸めて、大層工合よく、足を下にさげて、脇の下にかかえることができました。けれども、アリスがそれの首を真直に旨くのばして、それの頭で蝟の球を打とうとする時になると、いつもぐなりとまがってしまって、ずいぶん変な顔をしてアリスの顔をジッと見るものですから、アリスはこれを見ると笑いださないでは居られませんでした。アリスがその首を下にさげて又打ち始めますと、今度は蝟がころがらないで、のそのそ這っていこうとしますので、全くいらだたしくなりました。その上、蝟を打ちだそうとする方向には、一面に畦や溝があって、それに二重に折れて輪をつくって居る兵士は、いつも起き上がったり、方々歩きまわったりしますので、アリスは間もなく、この球打遊び*はほんとに難しい遊戯だと定めてしまいました。

球打をする人達は、順番なんか待たず、始終喧嘩をして、蝟をとりあって、一度に球打をしだしました。それで女王はすぐに怒ってしまって、地団駄をふみながら、どなりたてました。「あの男を打首にしろ。」とか「あの女を打首にしろ。」とか、一分間に一度位の割合で言って居りました。

アリスも大層心配になってきました。アリスは、まだ女王とほんとに喧嘩だけはしませんでした。けれども、いつどうなるかも知れないことだと思っていました。「そうしたら、わたしどうなるだろう。」とアリスは考えました。「この国の人達は、打首をすることが大変好きらしいわね。だのに、生き残ってる人がいるから、全く不思議だわ。」

　アリスは逃げ道をさがして、見つけられないで、逃げられるかどうかと考えていました。そのとき空中に妙な形をしたものが現れました。初めのうちは何だかさっぱり見当がつきませんでしたけれども、一、二分の間ジッと見て居ると、それがニヤニヤ笑いの口だということが分かりました。それでアリスは独語（ひとりごと）をいいました。「あれはチェシャー猫だわ。これでわたし話相手（はなしあいて）ができたわ。」

「御機嫌如何（いかが）ですか。」と物が言えるだけ口が出て来た時猫はいいました。

　アリスは猫の目がでてくるまで待っていました。それから分かったようにうなずきました。「耳がでてくるまでは話をしても無駄だわ。すくなくとも片耳だけでも。」すぐに猫の頭がすっかり出て来ました。そこでアリスは紅鶴を下に置いて、自分の話を聞いてくれるものができたのを喜んで、球打の話をしだしました。猫は頭だけ見せれば十分だと思って、それ以上には姿を現しませんでした。

「みんなが正直に球打をして居るとは思えないわ。」とアリスは、不平らしい口付（くちつき）で話しだしました。「それにあの人達は無茶に喧嘩をするもんだから人のいうことなんかきこえやしないの——そしてこれといって別に規則もないらしいのよ。まあ、もしあっても誰も守りはしないわ。――それに何から何まで生き物を使うんですもの、その混雑といったら考えもつかない位だわ。たとえていえば、わたしが次にくぐっていかねばならないアーチは球打場の向こうの端なんかを歩き廻っているの。――そして今しがたもわたしが、女王の蝟（はりねずみ）を打とうとすると、私が来るのを見つけてずんずん逃げていってしまうという仕末（しまつ）なの。」

「お前女王様は好きかい。」と猫は低い声でいいました。

「ちっとも。」とアリスが言いました。「女王様は大変に――」といいかけると、女王がすぐアリスの後ろで、耳をかたむけているのを見つけましたので「――きっと勝つでしょう。だからおしまいまで勝負をやる必要なんかないわ。」と言いました。

女王はニコニコして通っていきました。

「お前は誰に話をして居るのだい。」と王様はアリスの傍（そば）へやってきて言いました。そして大層不思議そうに猫の頭を見ました。

「これは私（わたくし）の友達で――チェシャー猫ですの。」とアリスはいいました。

「御紹介（おひきあわせ）しますわ。」

「わしはあれの顔つきがきらいだ。」と王様がいいました。「けれども望みとあれば、手にキッスをゆるしてやる。」

MWT

「あんまり望みでもありません。」と猫はいいました。

「小癪なことをいうな。」と王様は言いました。「そんなにわしの顔を見るな。」王様はこう言いながら、アリスのうしろへいきました。

「猫は王様の顔を見てもいいものです。」とアリスは言いました。「わたしはある本で見たことがあります。でもどこだったか覚えていません。」

「とにかく、あいつは取りのけなければいけない。」と王様は大層キッパリといって、丁度そこを通りかけた女王に話しかけました。「ねえ、お前あの猫をとりのけてくれないか。」

　女王にはどんなむずかしい、又は易しい問題でもそれを定めるには一つの方法しかありませんでした。それで「あいつを打首にしろ。」といって見向きもしませんでした。

「わしは自分で首斬人をつれてくる。」と王様は熱心にいって、駈けだしました。

　アリスは自分も戻っていって、勝負がどんな様子だか見たいと思っていましたが、そのとき女王が怒って、金切声を張り上げて居るのを聞きました。順番を間違えたという理由で、女王が三人に死刑の宣告を下したのでした。アリスは勝負が滅茶苦茶になって、自分の順番だかどうだか分からないほどでしたから、様子を見て居るのがいやになってきました。それで自分の蝟を探しにでかけていきました。

蝟(はりねずみ)は外(ほか)の蝟と争っていました。それをつかまえて他の蝟(はりねずみ)を打つのに至極いい時だと思いましたが、今度は困ったことには、紅鶴がお庭の向こうへ行って、樹の上にとび上がろうとあせって居るのが見えました。

それで紅鶴をつかまえて帰って来ますと、蝟(はりねずみ)の争いはすんで居て、二匹ともどこかへ去ってしまっていました。「でも平気よ。アーチの兵士たちがこっち側にはいなくなってしまったから。」そこでアリスは紅鶴をのがさないように、脇にしっかりかかえて、お友達と話をしに戻っていきました。

アリスがチェシャー猫の処(ところ)に戻っていって、驚きましたことには、猫のまわりに多勢の人があつまっているのでした。首斬人と王様と女王との間に口喧嘩がおこっていて、三人が三人とも一緒にしゃべりたてていました。けれども他の者たちは黙りこんで、不愉快そうな顔をしていました。

アリスの姿が見えると、三人はアリスにこの問題をきめてくれるようにと頼むのでした。三人はアリスに自分の言分(いいぶん)をくりかえしました。けれども、一緒に話すものですから、何をいって居るのかよく分かりませんでした。

首斬人の言分は、首が身体についていなければ首を切ることはできない、それに今迄にそんなことはしたこともないし、又自分の様な年齢(とし)になってから、そんなことを

M.W.T.

やり始めようとも思わないというのでした。

王様の言分というのは、首のあるものの首をきることができないことはない、そしてこれは馬鹿げた話ではないというのでした。

女王の言分というのは、今すぐできないようなら、誰でもかまわず、みんなを打首にする、というのでした。（このおしまいの言葉で、一同は至極ものものしい心配げな顔をしました。）

アリスは外（ほか）に何もいうべきことを思いつかず、唯（ただ）、「それは公爵夫人のものです、夫人に訊いて見た方がよろしいでしょう。」とだけ言いました。

「あの女は牢屋に入って居る。」と女王は首斬人にいいました。「ここへ連れてこい。」それで首斬人は矢のようにとんでいきました。

猫の頭は首斬人が行ったときから、段々と消えはじめ、公爵夫人を連れてきたときには、すっかり見えなくなっていました。そこで王様と首斬人は、アチラコチラをドンドン走り廻って猫を探しました。けれども他の人達は、又勝負をやりに立ちかえっていきました。

九　まがい海亀の物語

「まあ、あなた、お前さんにまた会えて、わたしがどんなに嬉しいかお分かりにならないだろうねえ。」と公爵夫人はいって、アリスの腕をやさしく自分の腕にかかえ込んで、一緒に歩いていきました。

アリスも夫人がこんなに上機嫌なのを知って、大変嬉しく思いました。そして、さっき台所で会ったとき、あんなに乱暴だったのは多分胡椒のせいだろうと考えました。

「わたしが公爵夫人になったら。」と、アリスは独語を言いました。（べつにそれを大変のぞましいような、調子でもありませんでしたけれども。）「わたし台所で胡椒なんか全く使わないことにするわ。スープは胡椒がなくたっておいしく食べられるんだもの。人を癇癪持ちにさせるのは、多分胡椒かもしれないわ。」と、アリスは新しい法則を見付けだして、大喜びでいいつづけました。「お酢は人を酸っぱい気にさせるし——カミツレは、にがにがしい気にさせるし、——有平糖やその他の甘いお菓子は、子供の気持を甘くさせるし。世間の人にこれが分かるといいんだけれどな。そうなると誰も気むずかしくはならないわ——。」

アリスはこのとき、公爵夫人のことはすっかり忘れていたのでした。けれどもアリスの耳許で、夫人の声が聞こえましたので、一寸驚きました。「お前は何か考えているねえ、それで、お話をすることを忘れたんだね。わたしは今のところ、それの訓が何であるか分からないけれど、今に、直き思いだせるよ。」

「多分訓なんかないことよ。」とアリスは勇気をだしていいました。

「しっ、しっ。」と公爵夫人は言いました。「何にだって訓はあるもんだよ。見つけさえすれば。」そういって夫人は、アリスの側に身をピッタリと寄せつけました。

アリスは夫人が側にピッタリ寄りそうて居るのが、あまり気に入りませんでした。第一に公爵夫人は大変醜い顔をしていましたし、第二に夫人の背はアリスの肩に顎が来るくらいの高さで、気味わるいほど尖って居る顎をアリスの肩にのせて居たからでした。*けれどもアリスは失礼な事を云いたくありませんでしたから、できるだけ我慢しました。

「勝負は今のところ、うまくいって居るらしい様子ですねえ。」と、アリスは少し話をつづけて行くつもりでいいました。

「そうだよ。」と公爵夫人はいいました。「そして、それの訓というのは——世界を廻転せしめるものは愛である、愛である。——というのだ。」

「ある人は、こういうのを言ってよ。*」とアリスは低声（こごえ）でいいました。「めいめいが自分の仕事に気をつけていれば、何でもできる。——っていうの。」

「ああ、そうだよ。これはそっくり同じだ。」と公爵夫人は尖った小さい顎でアリスの肩をつつきながら言いました。「そしてそれの訓というのは——『感（かん）を気をつけなさい。すると音は、それ自ら注意を集める。』というのだよ。*」

「この方はいろんなものに、訓を見つけだすことが随分好きなのねえ。」とアリスは独（ひとり）で考えました。

「何故わたしが、お前の腰のぐるりに手をかけないのか、不思議だろう。」と公爵夫人は一寸間（ちょっと）を置いていいました。「その理由というのはねえ、わたしはお前の紅鶴（べにづる）の気質が疑われるんだよ。ひとつ手をかけて見ようかな。」

「かみつくかも知れませんわよ。」とアリスは丁寧にいいました。腰に手を回してほしいだなんて、ちっとも思わなかったからでした。*

「ほんとだ。」と公爵夫人はいいました。「紅鶴も芥子(からし)もかみつくからねえ。そしてそれの訓は――同じ羽の鳥は集まる（類は類をもって集まる）――というんだよ。」

「でも芥子は鳥ではないわ。」とアリスが言いました。

「その通りだ。」と公爵夫人は言いました。「お前はよくものごとがはっきり分かるねえ。」

「わたしそれは鉱物だと思いますわ。」とアリスが言いました。

「無論そうだよ。」と公爵夫人は言いました。夫人はいつもアリスの言ったことは、何ごとでも、賛成する風がありました。「この近くに大きな芥子のマイン（鉱山）があるよ。そしてそれの訓というのは――わたしのものが（Mine(マイン)を鉱山と、「わたしのもの」というのと一緒にしたのです。*）沢山あればあるほど、あなたのものが益々(ますます)少なくなる。――というのだ。*」

「ああ、そうだわ！」アリスは、公爵夫人が最後に言った訓には耳を貸さず、大声で言いました。「芥子は野菜よ。そんな風にはこれっぽっちも見えないけれど、野菜なのよ。」

「本当にお前さんの言う通りだとも。」と公爵夫人は言いました。「そこに含まれている訓はね、『爾(なんじ)、他人から見られたいものらしくあれかし』だよ――あるいはもっと簡潔に言いなおすと――『自分自身、他人から見たかつての姿やそうであったかもしれないもの、さらにそれまでの自分が他人から見てそうであったかもしれない以外に相違ない以外の何者かであると思い込むなかれ』だ。」

「わたし、もっとよくわかるように――」とアリスはすこぶる礼儀正しく言いました。「お言葉を書き留めておけばよかったわ。あなたが仰ったことの全部はわかりませんでしてよ。」

「その気になりさえすれば、もっと長く続けられるよ」と公爵夫人は上機嫌に答えました。

「それ以上長くお話しになったら、お疲れになりますわ。お止しになって。」とアリスは頼みました。

「疲れるなんてとんでもない。」と公爵夫人は答えました。「これまで述べ立ててきたのは、全部お前さんへの贈り物だよ。」

「なんてつまらない贈り物かしら。」とアリスは思いました。「もし誕生日祝いにもらっても、ちっとも嬉しくないわ。いつももらうプレゼントがまともなものばかりで本当によかったわ。」と、もちろん口には出さずに、アリスは考えていました。*

「また考えて居るね。」と公爵夫人は尖った小さい顎で、アリスの肩を突きながら尋ねました。

「わたし考える権利があるわ。」とアリスは少しうるさく考えましたので、きつく言いました。

「それは丁度（ちょうど）豚に羽があって、とべる権利があるというようなものだ。そしてそれの、お――。」

　けれどもこのとき、アリスがひどく驚きましたことには、公爵夫人が大好きな「訓」という言葉を半分言いかけたときに、声が消えてしまって、からんで居た腕が、ふるえ始めたのでした。アリスは上を見ました。すると、例の女王が腕を組み、入道雲のようなしかめ顔をして、二人の前に立っているのでした。

「陛下、よいお天気でございます。」公爵夫人は低い小さい声でいいました。

「さあ、わたしはお前に命令をする。」と女王は地団駄を踏んで、大声で言いました。

「お前の身か、それともお前の首か、どっちかをかっとばしてしまわねばならん。さあ、たった今だ。どっちか一つ選ぶがいい。」

公爵夫人は、無論いい方を選んで、直(す)ぐに其場(そのば)から身を退(しりぞ)いてしまいました。

「さあ、勝負をしよう。」と女王はアリスに言いました。アリスは驚きのあまり、一言もいえませんでした。

けれども、のそのそと女王のあとからついて球打場(たまうちば)へいきました。外(ほか)のお客達(きゃくさま)は、女王のいないのをいい仕合わせにして、樹蔭(こかげ)で休んで居ました。けれども女王を見るや否や、急いで勝負にとりかかりました。女王はただこういっただけでした。「お前たち一分間でも、のらくらすると一命がないぞ。」

みんなが勝負をやって居る間、女王はたえず他の相手と喧嘩をしていて、「あの男は打首にしろ。」とか、「あの女を打首にしろ。」とか言っていました。女王が宣告をした人達は、兵士に拘引(こういん)されました。無論この兵士たちは、罪人を拘引するために、アーチになっているのを、止(や)めなければなりませんでしたから、三十分も経つか経たぬうちに、アーチがなくなってしまい、球を打つ者も王様と女王とアリスを除いた、他の者は全部拘引されて、死刑の宣告を受けました。*

そこで、女工はぜいぜい息を切らしながら勝負をうち止め、アリスに言いました。

「お前さん、まがい海亀を見たことがあるかい。」

「いいえ、まがい海亀なんて聞いたこともありませんわ。」とアリスは言いました。

「まがい海亀のスープ*に使うあいつさ。」と女王は言いました。
「やっぱりわたし、見たことも聞いたこともありません。」アリスは答えました。
「じゃあ、ついて来な。」と女王が命令しました。「あいつはお前さんに身の上話を聞かせてくれるよ。」

二人が歩いていきましたとき、アリスは王様が低い声で一同にむかって「お前たちみんな許してやる。」といって居るのを聞きました。「ああ、よかった。」とアリスは独語（ひとりごと）をいいました。何故ならアリスは女王が、こんなに多勢（おおぜい）のものに死刑を言い渡したので、かなしく思っていたからでした。

二人は間もなく、グリフォンが日向ぼっこをして、ぐうぐう寝て居るとこへやってきました。（若（も）しグリフォンを知らない人は、絵をごらんなさい）*「お起き、なまけ者。」と女王がいいました。「此（こ）のお嬢さんを擬（まが）いの海亀のところへお連れして、あれの身の上話を聞かして上げてくれ、わたし戻って、先（さ）きほど命じておいた、死刑の監督をしなければならないのだから。」こういって女王は、アリスをグリフォンにまかせて去ってしまいました。アリスはこの動物の顔が気に入りませんでしたけれども、大体に於（お）いて、あの野蛮な女王についていくのも、この動物と一緒に居るのも、安全さの程度は似たり寄ったりだと思いましたので、じっと待っていました。

グリフォンは起(た)ち上がって目をこすりました。それから女王の姿が見えなくなる迄(まで)、ジッと見ていましたが、それからクツクツ笑いだしました。「なんておもしろいんだろう。」とグリフォンは半(なか)ば独語(ひとりごと)の様に、半ばアリスに言いました。

「何がおもしろいの。」とアリスが言いました。*

「何がって、女王さ」とグリフォンが答えました。「みんなぜんぶ、あの人の頭の中でしか起こってないのさ。連中はだれ一人、打首になんかされやしないのさ。さあ、ついて来な！」

「ここでは誰もかれも『ついて来な！』って言うのね。」グリフォンのあとからゆっくりと歩いていきながら、アリスは思いました。「こんなに始終、命令されるなんてこれまでなかったわ。わたし、初めてだわ！」

程なくして、遠くにまがい海亀が見えてきました。寂しげに、独りぽつねんと、小さな岩の端っこに座っています。さらに近づいてみると、心に深い痛手を負ったような大きな溜息まで聞こえてきました。アリスはまがい海亀にすっかり同情してしまいました。「彼の身に何があったの？」とグリフォンに尋ねました。するとグリフォンは、先ほどとほとんどそっくり同じことを言いました。「みんなぜんぶ、あいつの頭の中でしか起こってないことさ。悲しいことなんか、何ひとつ起こっていないのさ。さあ、ついて来な！」

二人は小岩まで歩いていきました。するとまがい海亀が顔を上げ、大きな瞳に涙をいっぱいに溜めていました。しかし、何も言いませんでした。

「ここにいるお嬢さんがね、お前の身の上話を聞きたいのだとさ。」とグリフォンが言いました。

「いいとも。」とまがい海亀が深いうつろな声で答えました。「お座り。いいかい、二人とも、わたしが話し終えるまで横槍はなしだよ。」

二人は言われた通り、座りました。そして、しばらくの間、誰ひとり口を利きませんでした。「話し始めないで、いつ話し終わるのかしら。」とアリスは思いました。けれど、辛抱強く待ちました。

「むかし。」とまがい海亀はとうとう、溜息（ためいき）をついて言いました。「わたしはほんとの海亀でした。」

この言葉のあと、又（また）永い間みんな黙りこんでしまいました。ただ時々グリフォンがヒックルーと叫ぶのと、まがい海亀が始終（しょっちゅう）重くるしく啜り泣きする声で、その静けさが破られるばかりでした。アリスはもう少しで立ち上がって、「面白いお話をして下すって有難う。」と言いかけました。が、何かもっと話し出すにちがいないと、思わ

ないわけにいきませんでしたので、静かに座って何も言いませんでした。

「わたし達が小さかったとき。」とまがい海亀は、遂（つい）に前よりズッとおとなしくいいつづけました。けれども相変わらず時々啜り泣きをしました。

「海の中の学校にいきました。先生は年をとった海亀でした。――わたし達は先生のことを正覚坊（しょうがくぼう）先生、といつもいっていました――。」

「何故正覚坊先生というんです。」とアリスは尋ねました。

「なぜって小学本（正覚坊）を教えますからさ。*」とまがい海亀は怒っていいました。

「ほんとにお前は馬鹿だ。」

「こんな易（やさ）しい事を訊（き）くなんて、恥ずかしく思わなければいけない。」とグリフォンはつけ足して言いました。それからみんな黙りこくって、可哀そうなアリスをジッと見ましたので、アリスは地の中にでも入っていきたいような気がしました。やがてグリフォンは、まがい海亀に言いました。「おじさん、さあつづけて。こんなことに日を暮らしなさんな。」そこでまがい海亀は次のように言い出しました。

「そうです、海の中の学校にいきました。お前さん信じないかも知れないがね――。」

「わたし信じないなんて言いやしないわ。」とアリスはさえぎって言いました。

「お前さん言ったよ。」とまがい海亀は言いました。

「おだまり。」とグリフォンはアリスが、又口を出さないうちにいい加えました。まがい海亀はつづけて言いました。

「一番いい教育をうけたよ。――ほんとにわたしたちは、毎日学校にいったのだ。」

「わたしだっておひるの学校に行ったわ。」とアリスが言いました。「お前さん、そんなことを、みんなに自慢するに及ばないわ。」

「課外もあったのかい。」とまがい海亀は一寸(ちょっと)心配そうに訊きました。

「ええ。」とアリスは言いました。「フランス語と音楽を習ったわ。」

「そして洗濯は。」とまがい海亀は言いました。

「そんなもの習わないわ。」とアリスは怒って言いました。

「ああ、それじゃお前さんの学校は、ほんとに良い学校じゃなかったねえ。」とまがい海亀は、大層安心したように言いました。「そして、わたしたちの学校では月謝袋の終(しま)いに、フランス語、音楽及(および)洗濯。――其(その)他と書いてあるよ。」

「お前さん、そんな課目なんか、そう要(い)らなかったでしょう。」とアリスが言いました。

「海の底にすんでいるのに。」

「ところが習うことができなかったんだよ。」とまがい海亀は、溜息をついて言いました。*「それでわたしは、正課だけをやったんだよ。」

「それはどんなもの。」とアリスは質(たず)ねました。

「まず初めは、勿論(もちろん)、千鳥足だの、からだのくねり曲げさ。」とまがい海亀は答えました。「それからいろいろな算術に、野心術、憂晴術(うさはらし)、醜顔術(しゅうがん)、それに嘲弄術(ちょうろう)。」

「醜顔術って、わたし聞いたことがないわ。」とアリスは思い切っていいました。「それはなんなの。」

　グリフォンは驚いて、前足を二本宙に上げました。そして「醜顔術って聞いた事がないんだって。」と叫びました。「お前は美しくするということは、知って居るだろう。」

「ええ。」とアリスは考え込んで言いました。「それは——何でも——もっと綺麗に——することですわ。」

「ふん、それでいて、お前さん醜くするということが分からないなら、お前さんは阿呆(あほう)だよ。」

　アリスは、もうこれ以上醜顔術について質問する元気はありませんでした。それだから、まがい海亀の方を向いて「外(ほか)に何を習ったの。」と言いました。

「うん、神秘学があった。」とまがい海亀は、課目を鰭(ひれ)で算(かぞ)えながら答えました。＊「神秘学は、古代史神秘学と近代史神秘学に分かれていた。それに海里学さ。それからぬたくり絵描きだ――ぬたくりの先生は、年をとった海鰻鱺でね。いつも週に一時間やって来た。その先生がぬたくり絵描き術と、のろのろ伸び伸び写生法、とぐろ巻の気絶油絵術を教えてくれたよ。」

「それはどんな風にするの。」とアリスは言いました。

「ふん、わたしにはやって見せてあげることができないよ。」とまがい海亀が言いました。「何しろ体がかちこちだからね。それからグリフォンは習ったことがないんだ。」

「暇がなかったのさ。」とグリフォンが言いました。「その代わりに古典の先生に習ったぞ。年寄りの蟹だったよ、あの先生は。」

「わたしはついに習いに行かなかったな。」とまがい海亀は溜息をつきました。「あの先生はラテン喜劇語とギリシャ不義理語を教えてたと、みんな言っていたっけ。」

「そうなんだよ。そうなんだよ。」と今度はグリフォンが溜息をついて言いました。そしてこの二匹の動物は、前足で二人とも顔をか

くしました。

「そして一日に何時間授業があったの。」とアリスは話の題をかえようと思って、あわてて言いました。

「第一日は十時間あったよ。」まがい海亀は言いました。「第二日目は九時間、それから段々と減っていくのだ。」

「ずいぶん珍しいやり方だわねえ。」とアリスは言いました。

「それが授業（レッスン）（Lesson（レッスン）には段々減っていくという意味があります。それをしゃれたのです）といわれるわけだ。」とグリフォンは言いました。「何故って、毎日毎日レッスン（授業と減っていくという二つの意味）していくからさ。」*

このことはアリスには初耳でした。それで暫（しばら）くのあいだ考えこんでいましたが、やっとこういいだしました。「それでは十一日目はお休み日にちがいないねえ。」

「無論そうだよ。」とまがい海亀はいいました。

「それでは十二日目はどうしたの。」とアリスは熱心になって聞きました。

「それでレッスンは終わりさ。」とグリフォンは間から口を出して、キッパリと言いました。「さあ、今度は遊戯の話でもこの子に聞かせてやってくれ。」

十　海老の四組舞踏（クワドリール）

まがい海亀は深い溜息（ためいき）をついて、鰭足（ひれあし）の裏で目をふきました。アリスの顔を見て、話しかけようとしていましたが一、二分の間声がつかえて出てきませんでした。「咽頭（のど）に骨でもたったからだなあ。」とグリフォンは言ってまがい海亀の身体をゆすぶったり、背中を叩いたりしました。やっとまがい海亀は声がでるようになって、涙を頬に流しながら話しつづけました。

「お前さんはあまり海の中に住んだことはないんだろう。」（アリスは「住んだことなんてありませんわ。」と言いました。）「それで多分海老に紹介（ひきあわ）されたこともないだろう。」（アリスは「わたし食べたことはあるわ。——」と言いかけましたが、あわてていうのを止（や）めて、「いいえ、ないわ。」といいました。）

「それでは、お前は海老の四組舞踏（クワドリール）がどんなに面白いか、分からないことだろう。」

「ええ、ほんとに分かりませんわ。」とアリスはいいました。「どんな風な舞踏（ダンス）なのですか。」

「うん、まず海岸に一列にならぶのだ——。」とグリフォンが云いかけますと、「二列だよ。」とまがい海亀がさえぎりました。「海豹（あざらし）に海亀に、鮭達がね、それから道の邪魔になる海月（くらげ）をのけてしまって——。」

「それにはいつも手間がとれる。」とグリフォンが口出しをしました。

「——二度前に進むのだ——。」

「銘々が海老を相手にして。」とグリフォンが言いました。

「無論さ。」とまがい海亀はいいました。「二度進み相手と向き合う——。*」

「——海老を代えて同じ順であとに戻るんだ。」とグリフォンが後からつづけました。

「それからねえ。」とまがい海亀はつづけて言いました。「それから投げるんだ——。」

「海老を。」とグリフォンが大きな声でいって、宙にとび上がりました。「——ずっと遠くまで海の向こうへ——。」

「そのあとを泳いでつけるのだ。」とグリフォンが叫びました。

「海の中で、でんぐり返しをするのだ。」とまがい海亀はきちがいのように踊り廻っ

て叫びました。

「また海老をとりかえるんだ。」とグリフォンは、ありったけの声で言いました。

「また陸に戻っていくのだ――これが舞踏（ダンス）の第一節なんだ。」とまがい海亀は急に声を細めていいました。いままでズッと気がふれたようにとび廻っていた二人のものは、また悲しそうに座ってアリスを見ました。

「大層きれいな舞踏（ダンス）にちがいないわ。」とアリスはオドオドした声でいいました。

「お前さん少し見たいとお思いですか。」とまがい海亀は言いました。

「ええ、ほんとに見たいわ。」とアリスは言いました。

「さあ、それでは第一節をやろう。」とまがい海亀はグリフォンに言いました。「海老がいなくたってやれるだろう。歌は誰がやるのだ。」

「おお、お前が歌うのだ。」とグリフォンは言いました。「俺は歌の文句を忘れてしまったのだ。」

　そういって二人は真面目くさって、アリスのぐるりを踊り始めました。時々二人がアリスの極（ご）く近く、やってくるものですから、アリスの足ゆびを踏んづけたり、又（また）は、調子をとるために前足をバタバタ動かしたりしました。そしてこうやって踊る間、まがい海亀は大層ノロノロと悲しそうに次のような歌を始めました。

「もう少し早く歩かないか。」と鱈は蝸牛に言いました。
「海豚があとからやってきて、わたしの尻尾を踏みつける。*
海老と海亀とが一生懸命進んでいくのをごらんよ。
あいつら砂利の上で待っている――踊の仲間に入ろうか。
踊の仲間に入るか、入らぬか、入るか、入らぬか、入るか。
踊の仲間に入るか、入らぬか、入るか、入らぬか、入るか。」

「あいつらがわしらを仲間に入れて、海老と一緒に海のむこうに投げるとき、どんなに面白いか、お前にゃほんとにわかるまい。」
けれども蝸牛が答えるにゃ、「遠すぎる、遠すぎる。」そして横目でジロリと見ました。

蝸牛は丁寧にお礼は言ったけれど、踊の仲間にゃ入らなんだ。
踊の仲間に入らぬか、入れぬか、入らぬか、入れぬか、入らぬか。
踊の仲間に入らぬか、入れぬか、入らぬか、入れぬか、入らぬか。

「どんなに遠くたって平気だよ。」鱈はすましていいました。

「海の向こうにゃもう一つ外の岸がある。

イギリスから遠ざかりゃ、フランスに近くなる。

だから青い顔なんかするな、おい蝸牛さん。

踊の仲間に入らないかい。

踊の仲間に入るか、入らぬか、入るか、入らぬか、入るか。

踊の仲間に入るか、入らぬか、入るか、入らぬか、入るか。」


「ありがとう、見ていて大層面白かったわ。」とアリスは舞踏が終わったのでやれやれと思っていいました。「そして、わたし鱈のことを歌った妙な唄が好きだわ。」

「そうそう鱈といえば。」とまがい海亀がいいました。「鱈は——いや、いやお前さんは、鱈を見たことがあるだろうねえ*。」

「ええ。よく出るわ、夕餉なんかに——。」とアリスは言いかけて、あわてて止めにしました。

「弓削というのが何処だか知らないね。」とまがい海亀は言いました。「お前さん、あいつらにしょっちゅう出くわすと言うんなら、鱈がどんな風だか、勿論知っているだろうね？」

「ええ、そうね――。」とアリスは考えながら言いました。「たしか、自分の尻尾を口にくわえていて――それから体中にパン屑（くず）をまぶしてあるのだわ。」

「お前さん、パン屑の話はまちがっているよ。」とまがい海亀は言いました。「海の中では、パン屑なんぞ、みな洗われて取れてしまうだろうよ。けれど奴らは、確かに尻尾を口にくわえている。そのわけは――。」ここまで話すと、まがい海亀はあくびをして、目を閉じてしまって、「この子にそのわけやら何やらを話しておあげ。」とグリフォンに言いました。

「そのわけは、」とグリフォンが口を開きました。「鱈たちは、海老と一緒にあの四組舞踏（クワドリール）の仲間に入ったからさ。すると、奴らは海のむこうへ放り投げられる。そうしたら、落ちるまでに随分長くかかるだろう。そこで、尻尾をしっかり口にくわえるんだ。すると尻尾が二度と口から出なくなりましたとさ。お終（しま）い。」 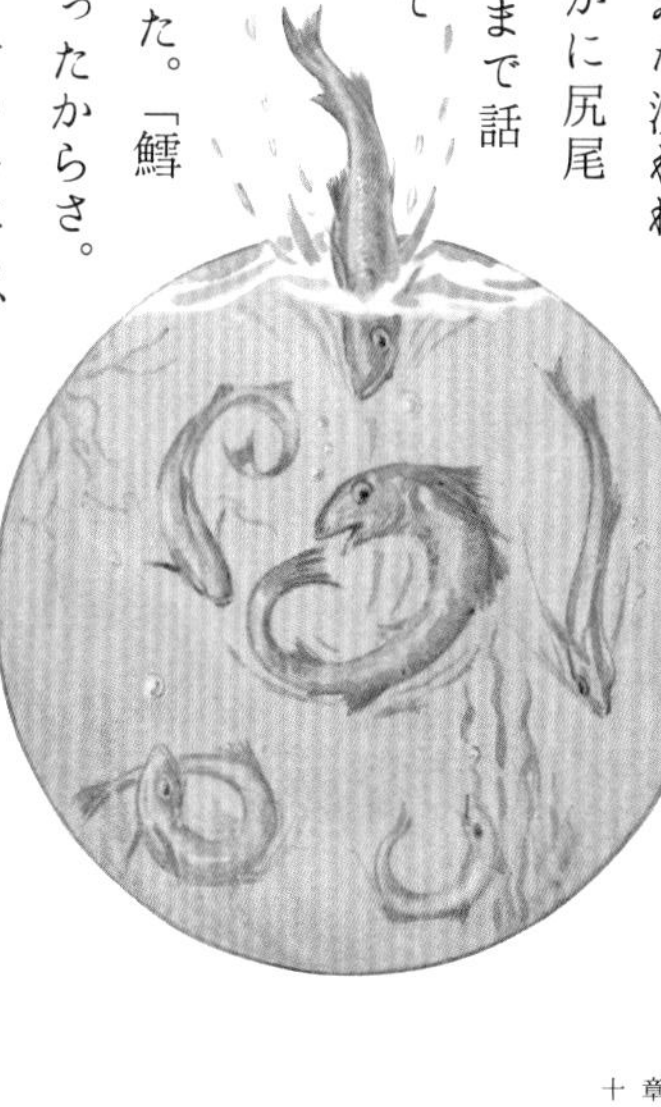

「ありがとう、大層面白かったわ。鱈について、こんなにもたくさん知らなかったわ。」

「お前さんさえお望みならば、もっと教えてあげよう。」とグリフォンは言いました。

「なぜ鱈を鱈と言うか知っているかね。」

「そんなこと、考えてみもしないわ。いったい何故なの？」とアリスが質ねました。

「それというのはだね、鱈で長靴や靴を洗うからだよ。」といたって真面目な調子でグリフォンが答えました。

アリスはすっかりこんがらがってしまいました。「長靴や靴を洗うですって！」と訝しげに繰り返しました。

「じゃあ、お前さんの靴は何で手入れするっていうんだい？」とグリフォンは言いかえしました。「どうやってそんな風にピカピカにするんだい？ってことだ。」

アリスは自分の靴を見下ろして、ちょっと考えてから「靴墨で磨くのだと思うわ。」と答えました。

「海の底ではな。」とグリフォンが低い声で続けました。「鱈で靴を雪ぐのさ。さあ、お前さんにももうお分かりだろう。」

「そうしたら、靴は何で出来ているの？」とアリスは俄然興味が湧いて質ねました。

「平目靴底と、鰻踵で出来ているのさ。無論のこと。」グリフォンはやや苛立って答えました。「どんなチビっ小海老でも知っているよ。」

「もし、わたしが鱈だったら。」と、アリスは先ほどの歌のことを、まだ考え続けていました。「海豚（いるか）に『もう少し下がって下さるとうれしいわ。一緒にいてほしいだなんて思わなくってよ！』と言ったでしょうに。」

「鱈の方で、海豚（いるか）と一緒にいたがっているんだよ。」とまがい海亀は言いました。「賢い魚はどこへ行くにも海豚（いるか）と一緒なんだ。」

「まさか、冗談でしょう？」アリスは心底吃驚（びっくり）したように言いました。

「冗談じゃないさ。」まがい海亀は言いました。「なんせ、魚が旅に出るからとあいさつに来たら、わたしは必ずこう言うのだよ。『連れは海豚（いるか）？』とな。」

「『連れは居るか』と訊きたいのではなくって？」

「わたしの口にしたところが、わたしの思っていることだよ。」とまがい海亀はむっとして言い返しました。それから、今度はグリフォンが「さあさ、お前さんの冒険譚とやらを聞こうじゃないか。」と付け加えました。

「わたしの不思議な体験をお話しするわね。――ええっと、今日の朝がはじまりよ。」とアリスはすこし自信なげに言いました。「きっと、昨日までは遡らなくってもいいわね。だって、わたし昨日はまったく別の人間だったんだもの。」

「一部始終説明しておくれ。」とまがい海亀が言いました。

「駄目駄目、冒険譚が先さ。」といらいらしたグリフォンが割り込みます。「説明の奴ときたら、おそろしく時間をとるんだから。」

そこで、アリスは一番初めにあの白兎を見たときのことから話し始めました。話の前段では、アリスはやや緊張していました。それというのも、二匹の動物があんまりべったりと両側に張り付いて、しかも目玉をぎょろつかせ、口もあんぐり開けているからでした。けれど話しているうちに、段々元気が湧いて来ました。聴手の方は、なんにも言わずに静かに聴いていましたが、お話が、芋虫相手に「ウィリアム父さん、年をとった」をまるまる違った文句で暗唱してしまったくだりにさしかかると、まがい海亀が息を深々吸い込み言いました。「そいつは奇妙奇天烈だ。」

「奇天烈中の奇天烈だ。」とグリフォンも言いました。

「歌詞がまるっきり違っていただなんて！」とまがい海亀は考え込むように、アリスの言葉を繰り返しました。そして、「この子が何かを暗唱するのを聞いてみたいもんだ。今からやるように言っておくれよ。」とグリフォンを見遣りました。まがい海亀はどうも、グリフォンがアリスに何かしら言いつける立場にあるのだと思いこんでいるようでした。

「お立ち。それから暗唱してごらん。『ものぐさの言いぐさ』にしよう。」とグリフォンは言いました。

「まあ、ここの動物たちときたら、あれこれ人に指図したり、暗唱させたりするのね！」とアリスは思いました。「これなら、すぐにでも学校へ戻ったほうがまだましよ。」アリスはそれでも立ちあがり、暗唱を始めましたが、海老の四組舞踏（クワドリール）のことで頭が一杯で、自分でも何を言っているのか分からない有様です。出てきた歌詞というのが、これまたいかにも奇妙な具合でした。

「海老がもの申す　声が聴こえます。
『こんがり俺を焼きすぎだ　髪に砂糖　まぶさなきゃ。』
鴨が瞼（まぶた）でするように　海老は鼻の先っちょで

ベルトと釦をきちんとつけ　つま先外に跳ねさせる。
砂浜すっかり乾ききって　海老はぴちぴち大はしゃぎ。
傲岸不遜に鱶へもの申す。
だけども潮が満ちてきて　鱶がぞろぞろ集まりゃあ
海老はびくびく　声ぶるぶる。」

「俺が子供のころにやったのと違うな。」とグリフォンが言いました。

「ああ、こんなのは聞いたことないぞ。」とまがい海亀も言いました。「どうも、並外れて馬鹿げた歌だな。」

アリスは何も答えませんでした。両手で顔を覆って座り込み、一体これから先、当たり前のことが当たり前に起こることなんてあるのかしら？と塞いでいました。

「歌の文句について、説明してもらいたいものだなあ。」とまがい海亀が言いました。

「説明なんぞ出来るもんかい。」グリフォンが慌てて言いました。「次の節へ行っておくれ。」

「しかしな、海老のつま先のくだりだが。」とまがい海亀はまだ拘っています。「どうやって鼻の先っちょを使ってつま先を跳ねさせるんだ？」

「踊りの初めにその姿勢をとるのよ。」とアリスは言いましたが、自分でも何が何だか分かりません。早く話題が変わりますように、と思っていました。

「次の節へ行っておくれ。」とグリフォンが急かします。「『庭を過ぎったら』からだよ。」

アリスは、またみんな間違えるに違いないわと思いながら、断ることも出来ず、震え声で先を暗唱し始めました——。

「庭を過ぎったら　片目にちらり　焼き付いた
梟と豹が血まみれの　パイを分け合う光景よ。
パイの皮から肉の汁　肉まで豹が独り占め。
梟はその御馳走の　分け前に皿もらうだけ。
一かけ残らず食べつくし　パイが終わると梟は
豹のやさしいお恵みで　匙を土産に持たされる。
豹は　ナイフとフォークを手にとると
喉をぐるぐる鳴らしつつ　宴の締めに梟を——。」

「こんなものばかり暗唱したところで、いったい何の役に立つというんだい。」とまがい海亀が遮りました。「歌いながら説明するでもなし。わたしが聴いたことのあるどんな歌より、途方もなくわけがわからん！」

「そうだ。もう止(や)めにしよう。」とグリフォンが言いましたので、アリスは心の底からほっとしたのでした。

「俺たち海老の四組舞踏(クワドリール)の、第二節をやろうか。」とグリフォンは続けて言いました。

「それともまがい海亀に歌をうたってもらうかな。」

「ええ、歌がいいわ、どうぞね。まがい海亀さんさえよろしかったらね。」

アリスがアマリ熱心になって答えたものですから、グリフォンは少し気を悪くした調子で言いました。「ふん、この子には趣味が分からないんだ、おい御老人『海亀スープ』でも歌ってやってくれ。」

まがい海亀は深く溜息をついて、時々啜り泣きで声をつまらせながら、歌いだしました。

沢山あって、緑色のみごとなスープ

熱い鉢の中で待って居る。
こんなうまいもの、とびつかいでいらりょか。
晩のスープ、みごとな　スープ
晩のスープ、みごとな　スープ
み――ごとな　スープ
み――ごとな　スープ
ば――――んのス――――プ
みごとな、みごとな　スープ

みごとなスープ、魚はいらない、
鳥の肉もいらない、他の何にもいらない。
みごとなスープがたった二十銭
この二十銭の為にゃ何を惜しもう。*
み――ごとな　スープ
み――ごとな　スープ
ば――んの　スープ

みごとな、みごと——な　スープ

「さあもう一度合唱だ。」とグリフォンが言いました。そこでまがい海亀が又これをくりかえそうとしましたが、そのときに「裁判が始まる。」という声が遠くの方で聞こえました。

「さあいけ。」とグリフォンは言って、アリスの手をとり歌の終いなんか待たないで急いででかけました。

「何の裁判なの。」とアリスはせいせい息をきらして走りながら訊きました。けれどもグリフォンはただ「さあ、いけ。」と答えるばかりで、ますます早く走りだしました。するとうしろから、悲しげな唄声が風にのって、段々薄れながら聞こえて来るのでした。

「ば——んのスープ
みごとな、みごとなスープ*」

十一　誰がお饅頭(まんじゅう)を盗んだか

二人がやってきましたときには、ハートの王様と女王とが、王座(ぎょくざ)に座っていて、そのまわりには多勢(おおぜい)のものが集まっていました。――その面々というのはいろいろな小さな鳥獣(とりけもの)や、トランプカルタの組全部でした。その前にはハートのジャックが、鎖につながれて立っていて、両脇には一人ずつ兵士がついて見張(みはり)をしていました。王様の傍(そば)には、白兎が片手に喇叭(ラッパ)をもち片手に羊皮紙(ようひし)の巻いたものを持っていました。その法廷のちょうど真中(まんなか)にはテーブルが一つあって、それには饅頭*の入った、大きな皿がのって居(お)りました。それが余りおいしそうに見えましたので、アリスは一目見ただけで、すっかりお腹が空いてしまいました。「裁判なんか、もうおしまいにしてしまうといいのに。」とアリスは考えました。「そして早くこのお茶うけ*を渡してくれればいいのに。」けれどもそんなうまい具合には、まるでなりそうもありませんでしたから、

M.W.T.

自分のぐるりにあるいろんなものを見て、時間をつぶしていました。

アリスは今までに、裁判所に行ったことは一度もありませんでした。けれども、本で色々と読んでいましたから、今そこにあるものの名前を知っているので、全く嬉しくなりました。「あれが判事だわ。大きな仮髪(かつら)をかぶっているから。」と独語(ひとりごと)をいいました。

ついでのことですが、判事は王様でした。で、王様は仮髪の上に王冠をかぶっていたものですから(口絵を見ると王様がどんな風な格好をしていたかわかりますよ*)、大変具合が悪そうで、又(また)確かに似合っていませんでした。

「それから、あれが陪審席だわ。」とアリスは考えました。「そしてあの十二匹の動物(アリスは「動物」といわないでは居られませんでした。というのは、それは獣やら鳥だったからでした。)、あのものたちが陪審官なのね。」アリスはこの最後の言葉を、二、三度繰り返して言って見て、少し得意になりました。というのは、アリス位(くらい)の年齢(とし)のもので、陪審官の意味を知っている子供なんてほんの少しだと思ったからでした。そして実際その通りなのです。でも、わざわざ「陪審官」なんて仰々しく言わないで、「陪審員」と言うだけでもよかったのですが。*

十二人の陪審官たちは、大変忙しそうに石板の上に何か書いていました。「あの人達は何をしているのですか。」とアリスはグリフォンに低声で言いました。「裁判が始まらないうちは、何も書くことなんかありそうもないのに。」

「自分の名前を書いているんだよ。」とグリフォンは小さい声で答えました。「何故なら裁判のすまないうちに、自分の名前を忘れるといけないと思ってだよ。」

「何て馬鹿者でしょう！」とアリスは、大きなおこった声でいいかけましたが、あわてて止めてしまいました。なぜなら白兎が『法廷では静粛に』とどなり、王様は眼鏡をかけてものをいったものを探しだすように、ぐるりを見まわしたからでした。

アリスが陪審官たちの肩をすかして見るとみんなが「馬鹿者」と石板に書いていました。中には、『馬鹿』という字を知らなくって隣の者にきいて居るものさえあるのを、アリスは見つけました。「どの石版だって裁判が済まないうちにきっと出鱈目書きでいっぱいになってしまうに違いないわ。」とアリスは考えました。

陪審官の一人は、キーキー軋む鉛筆をもっていました。無論のことアリスには、これが我慢できませんでした。そこでアリスは法廷を一廻りして、その陪審官の後へ行き、直ぐうまい隙を見つけてそれをとり上げてしまいました。それが余り上手な早業だったものですから、可哀そうなこの小さい陪審官は（それは蜥蜴のビルでした）鉛筆がどうなってしまったのかさっぱり見当が付きませんでした。それでそこいらをさんざん探して見ました揚句、しかたなく、その日は石板の上に指で書かなければなりませんでした。しかし石板の上には何の跡ものこりませんでしたから、それはまるで無駄な事でした。

「伝令官、罪状を読み上げろ。」と王様がいいました。

そこで白兎は三度ラッパを吹き、それから羊皮紙の巻物を解いて、次の様に読みました。

「ハートの女王様が、夏の日一日かかって
お饅頭をつくりました。
ハートのジャックがそれを盗んで
もち逃げをしました。」

「では、評決*を述べよ。」と王様は陪審官にいいました。

「まだです、まだです。」と兎はあわててさえぎりました。「そのまえにまだ沢山の手続

きがあります。」

「第一の証人を呼べ。」と王様はいいました。白兎は三度ラッパを吹いて、

「第一の証人！」と呼び上げました。

第一の証人はお帽子屋でした。お帽子屋は片手に茶呑茶碗、片手にバタ附パンをもっていました。「陛下、御許し下さい。」とお帽子屋は言い始めました。「こんなものを持ちこみまして。でもわたしお呼びだしをうけたとき丁度お茶をのみかけていたものですから。」

「そんなものは済ませて来るものだ。」と王様は言いました。「いつからお前は始めたのだ。」

お帽子屋は、自分のあとから、山鼠と腕を組んで法廷に入ってきた三月兎を見ました。「三月の十四日だと思います。」とお帽子屋は言いました。

「十五日だよ。」と三月兎は言いました。

「十六日だよ。」と山鼠は付け加えました。

「それを書きとめろ。」と王様は陪審官に言いました。陪審官は一生懸命にこの三つの日附を石板に書きとめて、その数をたして、何銭何厘*という答えをだしました。

「お前帽子をぬげ。」と王様はお帽子屋に言いました。

「これはわたしのものではありません。」とお帽子屋は言いました。

「盗んだな。」と王様は叫びながら、陪審官の方を向きました。早速(さっそく)陪審官は事件の覚え書きをつくりました。

「わたしは売物(うりもの)をもっているのです。」とお帽子屋は説明をつけ加えました。

「わたしは自分のお帽子なんか持っていません。わたしはお帽子屋商売なんですから。」

　このとき女王は眼鏡をかけて、お帽子屋をジッと見つめはじめました。お帽子屋はすっかり顔色蒼ざめ、もじもじしだしました。

「お前の証言(いいぶん)をいえ。*」と王様はいいました。「ビクビクするな、でないとこの場で死刑に処するぞ。」

　これでは、少しも証人に元気をつけるどころではありませんでした。お帽子屋は右足と左足と、かわるがわるに一本足で立ち、不安そうに女王の顔を見たりしましたが、余りどぎまぎして、茶呑茶碗をバタ附パンと間違え、その端(はじ)をかじりとったりしました。

　丁度この時、アリスは大層変な気持(きもち)を感じました。そしてそれが何の為だか、少し経って分かりだすまでは、随分当惑させられました。アリスは又、大きくなりはじめたのです。アリスは初めは立ち上がって裁判所をでていこうと思いましたが、又考え直して自分のいられる場所があるかぎり、とどまっていようと決心しました。

「そんなに押さないでくれ。」とアリスの隣りに座っていた山鼠がいいました。「わたしこれでは息ができないよ。」

「わたし、どうにもならないの。」とアリスは、大層やさしく言いました。

「わたし今大きくなりかけて居るんです。」

「ここでは大きくなんぞ、なる権利はないよ。」と山鼠はいいました。

「馬鹿なことは云いっこなし。」とアリスは少し大胆になって言いました。

「お前だって大きくなりかけて居るわよ。」

「そうさ、だけれど、こっちはいい工合に大きくなるのだよ。」と山鼠は言いました。

「そんなおかしな風にはのびないのだ。」そして山鼠は大層ふくれて立ち上がり、法廷の向こう側にいってしまいました。

こうした間も女王は、お帽子屋をジッと目もはなさずに見つめていました。そして丁度山鼠が法廷をよこぎりましたとき、法廷の役人の一人に女王は言いました。「先達の音楽会に出た唄手の名簿を持ってきておくれ。」それを聞いて、あわれなお帽子屋はひどくふるえましたので、穿いていた両方の靴がぬげてしまいました。

「証言をいえ。」と王様は怒って又言いました。「それでないとお前がビクビクしていようがいまいが死刑に処するぞ。」

「陛下、わたしは哀れなものです。」とお帽子屋は震え声で云い始めました。

「そしてわたしはやっとお茶を飲みだしたばかりのときでした――せいぜい一週間程にしかなっていませんでした。――それにこんなにうすっぺらなバタ附パンでもって、そしてお茶のちらちらちらちらは――。」

「何のちらちらだ。」と王様はいいました。

「それは茶から始まりました。」とお帽子屋は答えました。

「無論、ちらちらはちの字から始まっている。」と王様は鋭くいいました。*「お前はわたしを阿呆（あほう）と思っているのか。さあ後を云え。」

「わたしは哀れなものでございます。」とお帽子屋はつづけて言いました。

「そして大概のものが、それからちらちらしました。――ただ三月兎のいいますには――。」

「わたしはいいませんでした。」と三月兎は大層あわてて言葉を遮りました。

「お前言ったよ。」とお帽子屋は言いました。

「わたしはそれを否定します。」と三月兎はいいました。

「あの男はそれを否定している。」と王様は言いました。「その部分は省いておけ。」

「ええ、しかし兎に角山鼠は言いました。」——とお帽子屋は山鼠がそれを又否定しやしないかと、おそるおそる振り返って見ていいました。けれども山鼠はよく寝込んでいましたので、一言も否定しませんでした。

「そのあとで。」とお帽子屋は言いつづけました。「わたしはもっとバタ附パンを切りました——。」

「しかし山鼠は何といったのだ。」と陪審官の一人が訊きました。

「それをわたしは思い出せません。」とお帽子屋は言いました。

「お前は思い出さねばならんぞ。」と王様は言いました。「でないと、死刑に処するぞ。」

可哀そうなお帽子屋は、茶碗とバタ附パンを落としてしまいました。そして片膝をつきました。「陛下、わたしは哀れなものでござ

います。」とお帽子屋は言い始めました。

「お前は非常に哀れな話手（はなして）だよ。」と王様はいいました。*

　このとき一匹の豚鼠が拍手をしましたが、直（ただ）ちに廷丁（ていてい）が制止してしまいました。（この制止するという言葉は、少しわかり難（にく）い言葉ですから、豚鼠がどうされたのか、ここで説明をします。役人は大きなズック製の袋を用意しているのでした。そしてその口のところは綱で堅く結わえるようになっているのでした。ところで、役人は豚鼠をこの袋の中に頭の方から入れ、その上に座ったのです。）

「わたしうれしいわ。いいところを見て。」とアリスは思いました。「わたし新聞で、裁判記事の終わりに『数人の者拍手せんとするものありしも、直ちに廷丁（ていてい）に制止せられたり』と書いてあるのをよく見たけれど、今まで何のことだか分からなかったわ。」

「お前の知っていることがそれだけなら、お前は下がってよろしい。」と王様は続けて言いました。

「わたしこれより下がることができません。」とお帽子屋はいいました。「わたしはこの通り床の上に居りますので。」

「それでは腰を下ろしてよろしい。」と王様は答えました。

　この時他の豚鼠が拍手をしましたので、前のように制止されてしまいました。

「さあ、あれで豚鼠のかたがついた。」とアリスは思いました。「さあこれからよくなるだろう。」

「わたし一層（いっそ）のこと、お茶をすましたいと思います。」とお帽子屋はまだ音楽会の唄手の名簿を読んでいた女王を、心配そうに見て言いました。

すると王様が、「お前行ってよろしい。」と言いましたので、お帽子屋は大急ぎで靴なんか穿く時間もとらずに、法廷を出て行きました。

「外で、今直ぐにあの男の首を切れ。」と女王は役人の一人に言いました。けれども、役人が入口のところに行ったときには、お帽子屋はもう影も形も見えませんでした。

「次の証人を呼べ。」と王様は言いました。

次の証人は公爵夫人の女料理番でした。この女は片手に胡椒箱（こしょうばこ）を持っていました。アリスはこの女が法廷に入ってこないうちから、今度は誰だか分かっていました。何故なら戸口の側（そば）にいた人達が、皆一斉に嚔（くしゃみ）を始めたからです。

「お前の証言をいえ。」と王様はいいました。

「いわないよ。」と料理番はいいました。

王様は心配そうに白兎を見ました。すると兎は低い声で、「陛下はこの証人を対質（たいしつ）尋問（じんもん）*なさらなければいけません。」

「よし、しなければならないというならするよ。」と王様は情けないような風をして言いました。そして両腕を組み、目が見えなくなるほど眉をしかめて料理番を見てから、「お饅頭は何でこしらえてある。」と厚い声で言いました。

「大抵胡椒です。」と料理番は言いました。

「お砂糖水だよ。」と料理番のうしろからねぼけ声が言いました。

「あの山鼠の首を抑えろ。」と女王は金切声をだしました。「あの山鼠を打首にしろ。あの山鼠を追いだしてしまえ。あいつをとりおさえろ。あいつをつねってやれ。あいつの頬髭(ほほひげ)をぬいてしまえ。」

暫(しばら)くの間法廷は、山鼠を追い出す為に、隅から隅まで大騒ぎでした。そしてみんなが再び席に落ちついたときには、料理番の女の姿は見えなくなっていました。

「構わんよ。」と王様はほっとした様子でいいました。「次の証人を呼べ。」それから王様は小声で女王に言いました。「お前が今度の証人を訊問(じんもん)しなければならないよ。わしは訊問をすると頭痛がしてくる。」

アリスは次の証人は、誰だろうかと知りたくなったので、兎が人名簿をくって居るのをジッと見ていました。

「まだ証言があんまり上がっていない。」とアリスは独語(ひとりごと)をいいました。ところでまあ想像してみて下さい。兎が小さい金切声を張りあげて、「アリス」と呼び上げたとき、アリスのその驚きが何んなものだったかを！

十二　アリスの証言

「はい。」とアリスは大層あわてふためいて、この数分間のうちに、自分がどんなに大きくのびたかなどということは、全く忘れて叫びました。そして余り大いそぎで跳び上がったものですから、着物の裾で陪審席をころがして、並んで居る陪審官を一人残さず、傍聴人の頭の上にひっくり返してしまいました。陪審官達はそこで矢鱈にもがきあっていました。その様子はアリスに、一週間前思わず金魚の丸鉢をひっくり返した時の事を思い出させました。

「おや、まあ、ごめんなさい。」びっくり仰天してアリスは叫びました。そして出来る丈早く、陪審官たちを拾い上げました。何故なら、アリスの頭には金魚の事件が絶えずちらちらしていて、直ぐに拾って陪審席に入れてやらないと、死んでしまう様な気が、それとなくしたからでした。

「裁判は。」と王様は大層重々しい声でいいました。「陪審官が全部復席するまでは進めない。――全部が――。」と王様はアリスをジッと睨みながら、強い調子で繰り返しました。

アリスは陪審席を見ました。するとあんまりあわてて、蜥蜴を逆さまに突っ込んでいたことに気がつきました。蜥蜴は少しも身体を動かすことができないので、みじめな様子で、尻尾をパタパタさせていました。アリスは直ぐに又摘み出して、本当の位置に置いてやりました。「大した事ではないのよ。」とアリスは独語をいいました。「逆だって裁判には差し支えないと思うんだけれども。」

陪審官たちは、転覆事件の驚きが収まり、石版と石筆が見つかって、持主の手に入ると、直ちに今の事件を一生懸命に書きはじめました。ただ蜥蜴のビルだけは、あんまりびっくりしたので、何にもしないで、口をポカンと開けて座ったまま、法廷の天井ばかり見入っていました。

「この件について、何かお前は知っているかい。」と王様はアリスに言いました。

「何にも知りません。」とアリスは答えました。

「どんなことも知らないのか。」と王様は詰りました。

「どんな事も知りません。」とアリスは言いました。

「それは大変重大なことだ。」と陪審官の方を向いて、王様は言いました。

丁度陪審官たちが、この事を書き初めたときでした。突然白兎が口をだしました。

「重要でないと、陛下は仰せられたのだ。無論のこと。」兎はこれを大層慎ましやかな調子で云いましたが、王様に向かっては顔をしかめて合図をしました。

「重要でないとわしは言ったのだ。無論のこと。」と王様はあわてて言いました。そして低い声で独語に、「重要である。——重要でない。——重要でない。——重要である。——」と丁度どの言葉の調子がいいか、調べて居るように続けました。

陪審官の中には「重要である。」と聞いたのもあり、「重要でない。」と聞いたものもありました。アリスは陪審官たちの石版を上からのぞける位に近くにいましたので、これがよく見えました。「でも、どっちだってかまやしないわ。」とアリスは心の中で思いました。

この時しばらく忙しそうに、控帳に何か書いていた王様は、「静粛に。」とどなりました。それから控帳を読み上げました。「規則第四十二条、一哩以上の高さあるものは、凡て法廷を去ること。」

誰もかもアリスを見ました。

「わたし一哩の背なんかないわ。」とアリスは言いました。

「お前それ位ある。」と王様は言いました。

「約二哩位はあるよ」と女王がいい足しました。*

「でも、とにかくわたしは行きません。」とアリスは言いました。「それにそんなの正式の規則ではありません。あなたが、たった今作りだしたのでしょう。」

「これは書物に載っている一番古い規則だよ。」と王様は言いました。

「それでは第一条でなければならないはずですわ。」とアリスは言いました。

王様は蒼い顔になって、あわてて控帳をとじてしまいました。「君方の評決はどうだ。」と低いふるえ声で王様は陪審官たちに言いました。

「陛下、まだ証拠物件があります。」と白兎は大層あわてこんで、とび上がりながら言いました。「この紙はたった今拾い上げられたものです。」

「それには何が書いてある。」と女王がいいました。

「わたくしはまだ開（あ）けません。」と白兎は言いました。「けれどもこれは囚人が*——誰かへあてて書いた手紙のようであります。」

「それはそうに違いない。」と王様はいいました。「誰あてともしてなければ、普通じゃないからねえ。」

「誰に宛てたものだ。」と陪審官の一人が言いました。

「全然宛名がないのです。」と白兎は言いました。「ほんとに外側に何にも書いてないのです。」兎はこう言いながら手紙を開いて、いい足しました。「これはつまるところ手紙ではありません。詩です。」

「それはこの囚人の手跡（しゅせき）ですか。」ともう一人の陪審官は言いました。

「いいえ、そうではないのです。」と白兎は言いました。「これは実際奇妙なことなんです。」（陪審官はみんな何が何だか分からないような顔付（かおつき）をしました。）

「囚人は誰かの手跡に似せたにちがいない。」と王様はいいました。（すると陪審官の顔は又（また）明るくなってきました。）

「陛下。」とジャックは言いました。「わたしはそれを書きません。わたしが書いたという証拠がありません。しまいに署名がしてありません。」

「お前がそれに署名をしなかったとすれば。」と王様は言いました。「益々(ますます)事態が悪くなるばかりだ。お前は何か悪い事でも、もくろんでいたにちがいない。それでなければ正直な人の様に、お前は署名したであろう。」

　このときみんなが拍手をしました。これは王様がこの日に初めていった一番旨い言葉でした。

「それがあの男の有罪であるという証拠だ。」と女王はいいました。「さあ、その男を打――*」

「これはちっとも証拠にならないでしょう。」とアリスは言いました。*「だってあなた方はそれに何が書いてあるか知らないのでしょう。」

「それを読め。」と王様は言いました。

白兎は眼鏡をかけて、「陛下どこから始めましょうか。」と尋(たず)ねました。

「初めから始めよ。」と王様は重々しく言いました。「そしてしまいまで読んで、そこで止(や)めるんだ。」

法廷は水を打ったように静まり返りました。白兎の読んだ詩はこういうのでした。

「お前があの女のところに行って、
わしのことをあの男に話したという噂だ。
あの女はわしを賞めてくれたが、
わしには泳ぎができないといった。」
「あの男はみんなに云った、わしが去ってしまわなかったと。
（わしたちは、それをほんとだと思う。）
若しもあの女が事件をせめてきたらお前はどうなることだろう。」
「わしはあの女に一つやった、みんなはあの男に二つやった。
お前はわしたちに三つ以上くれた。
みんな一つ残らずあの男から、お前のところにもどっていった。
けれども以前はみんなわしのものだった。」
「わしかあの女かがひょっとして
この事件にまきぞえをくったら
あの男はお前を信用して、かつての吾々と同じく＊
みんなを自由にしてくれる。」
「わしの意見はこうなんだ

（あの女が発作をおこすまえ。）
お前はあの人と、わしたちと、それとの
間にいた厄介物だったと。」
「あの女はみんなが一番好きだった
ということをあの男に知らせるな。
なぜならこれは秘密だ、
お前とわしとの間のほかは誰にも
内密(ないしょ)だ。」

「これは今までに聞いたうちで一番大切な証拠だ。」と王様は手をこすりながら言いました。「それでは陪審官に――」

この時アリスは口を出して（アリスはこの二、三分間のうちに大変大きくのびてしまったので王様の邪魔をする位何とも思わなくなりました。）「若(も)し誰かこの詩の説明が出来たらわたしは二十銭あげるわ。わたしはこの詩の中に微塵ほどの意味もないと思うわ。」

陪審官たちは石板に「この子は詩の中に微塵ほどの意味もないと思って居る。」と書きました。けれども一人もその問題の紙*を説明しようとするものはいませんでした。

「若しもそれに意味がないのなら。」と王様は言いました。「われわれはそれを探す必要がないのだから世の中の面倒がなくなる。しかしわしには分からない。」そして詩を片膝にひろげ、片目でジッと見てまた言いつづけました。

「とにかく何かの意味があるように思える。――『わしには泳げないといった。』――ええと、お前泳ぎができるかい。」と、ジャックに向かって言いました。

ジャックは悲しそうに頭をふって、「わたしはそう見えますか。」と言いました。（身体全部が厚紙で出来ているのですから、ジャックには泳ぎなんぞたしかにできるわけがありませんでした。）

「よろしい、それだけは。」と王様はいって独りで、ぶつぶつ詩を読み続けました。『わしたちは、それをほんとだと思う』――これは無論陪審官だ――『あの女が事件をせめてきたら』――女王のことに違いない。『お前はどうなることだろう』――そうだろうな。『わしはあの女に一つやった。みんなはあの男に二つやった。』――ふんこれがお饅頭*をどう処分したかということにちがいない――。」

「でもその後に『みんな一つ残らずあの男から、お前のところにもどっていった』と書いてあるわ。」とアリスが言いました。

「うん、それでそこにあるのさ。」と王さまはテーブルの上のお饅頭を指さしながら得意になっていいました。「これほど、はっきりした事はない――それから、また――『あの女が発作をおこす前』――お前、発作なんかないとわしは思うが。」と女王に向かっていいました。

「あるもんですか！」と女王は大層怒って、蜥蜴（とかげ）にインキ壺を投げました。（不仕合わせなビルは石版に一本の指で、いくら書いても何にも書けないので、書くことを止（や）めていました。けれども、今度は顔からぽたぽた伝わり落ちて来るインキをつかって、大急ぎで書き始めました。）

「それじゃ、フィット（発作）なんかいう言葉は、お前にはフィットしない（当てはまらない）ねえ。」と王様はニコニコしながら、法廷を見まわしていいました。ところが法廷中、誰も咳一つしませんでした。

「これは洒落なんだぞ。」と王様は怒った声でいい足しました。するとみんなが笑い出しました。「陪審官の評決をききたい。」と王様は言いました。この言葉は其（そ）の日に於（お）いてほぼ二十度目位でした。

「いいえ、いいえ。」と女王がいいました。「初めに宣告で——評決はあとです。」

「馬鹿なこと！」とアリスは大きな声で言いました。「宣告を初めにするなんていう考えは。」

「お黙り。」と女王は真赤（まっか）になっていいました。

「黙りません。」とアリスは言いました。

「あの女の子を打首にしろ。」と声を張り上げて、女王は言いました。が、誰も動きませんでした。

「誰がお前さんのいうことなんかきくもんか。」とアリスは言いました。（この時分にはアリスはもう、普段の背になりきっていました。）「お前たちはトランプ・カルタの一組にすぎないじゃないの。」

　これを聞いて、カルタの組は全部空中にまいあがって、アリスの上にとびかかってきました。アリスは半（なか）ば驚き、半ば怒りの叫びをあげました。そしてカルタを叩き落とそうとしました。するとこの時、ふと目がさめて、見上げると、自分は姉様の膝を枕にして、土手にねているのでした。そのとき姉様は樹から、アリスの顔に落ちてきた樹の葉を、やさしく払いのけていいました。

「お起きなさい、アリスちゃん。」と姉様は言いました。「ずいぶん長く寝たのねえ。」

「まぁ、わたしずいぶん奇妙な夢を見ましたわ。」とアリスは姉様に言って今まで、みなさんが読んできた不思議な冒険談を、思いだせるだけ姉様におはなししました。そしてアリスが話し終わりましたとき、姉様はアリスにキッスしていいました。「ほんとに不思議な夢だわねえ。でも、さあお茶をのみに馳(か)けておいで。もう遅いから。」そこでアリスは、立ち上がって駈(か)けだしました。走りながらも、何と不思議な夢だったろうと夢中になって考えていました。

❊ ❊ ❊ ❊ ❊ ❊

けれども姉様は、アリスがいってしまっても、まだあとに残って、片手で頭を支えて、沈んでいくお日様を見ながら、小さなアリスとアリスの冒険談とを考えて居るうちに、姉様もついに同様な夢を見ました。その夢というのはこうでした。*

初め姉様は、小さいアリスの事を夢に見ました。それは昔あったようにアリスはちいちゃい両手を姉様の膝の上で組んで、明るい熱心な眼で姉様の目を見上げていました。——姉様はその声そっくりを聞きましたし、それから、その目に入りたがる後(おく)れ毛(げ)を払うために、頭を妙にうしろへ、そらせる様子まで見ることができました。——

そして姉様が耳を傾けて話を聴いて居ると、あるいは聴いている様な気がしていると、そこいら中一杯にアリスの夢の珍しい動物がでてきました。

背の高い草は白兎が走って通り過ぎたとき、足許(あしもと)でざわつきました。——おじおじした鼠は、近くにある池の中を泳いでいました。——三月兎と友達とが終わりのない茶をのんで、茶呑茶碗(ちゃのみぢゃわん)をガチャガチャいわせて居るのが聞こえてきました。そして女王の金切声が不仕合(ふしあわせ)なお客たちに、死刑を宣告して居るのも聞こえました。——又豚の子が公爵夫人の膝の上で、くしゃみをしていると、そのぐるりで、平皿や深皿が壊れる音が聞こえました。——又グリフォンのキーキー声、蜥蜴(とかげ)の石筆のきいきい軋む音、おさえられた豚鼠の、のどのつまった声は、哀れなまがい海亀の微かな啜り泣きと一緒になって、宙に充ちひびいていました。

こういう風に、姉様は目を閉じて、座り込んで不思議の国のことを、半ば信じて考えていました。けれども一度目をあけると、凡(すべ)てが面白味のない此(こ)の世のものに、変わってしまうということは、知っていました。——草は風になびいて、ザクザクいうだけでしょう、池は葦が風にそよぐにつれて、小さい波をたてるだけでしょう——ガチャガチャと音のする茶呑茶碗は、チリンチリンいう羊の首の鈴に、かわってしまうでしょう、そして女王の金切声は羊飼の少年の声になるでしょう——そして赤ん坊の嚏（くしゃみ）も、グリフォンの泣き声も、其他（そのた）の奇妙な声もみんな忙しい畑で聞こえる、がやがやいう物音になるでしょう。（ということを姉様は知っていました。）――そうしているうちに、遠くでうなる牛の声がまがい海亀の重くるしい、啜り泣きの代わりに耳に入って来ることでしょう。

最後に姉様は、この小さい同じ妹が、やがては大人になっていくこと、それからアリスが年をとる間に、子供時代の無邪気な可愛らしい心を、何（ど）んな風にもち続けるだろうという事や、アリスが自分の子供たちをぐるりに集めて、いろいろな珍しいお話を聞かせて、その中には昔見た不思議な国の夢もあることでしょうが、聞かせてやって子供たちの目を輝かせたり、見はらせたりする様子や、又アリスが、自分の子供時代の生活やら、幸福な夏の日を思いだしながら、自分の子供の単純な悲しみに同情し、その単純な喜びに楽しみを感じたりする時のことなど、こうしたいろいろな有様を心の内に描いて見るのでした。

注釈

9頁

＊アリスは姉様と一緒に、土手に登っていました

芥川・菊池訳では、あたかもアリスが土手を登っている途中であるかのように読める。しかし、この箇所の原文は“sitting by her sister on the bank”で、〈土手の上にいて、座っていた〉という意味。このようなすこし古めかしい言い回しも含めて、芥川・菊池訳をどうぞお楽しみください。

＊暑さにからだがだらけて、睡（ねむ）くなって来るのをおさえるために、出来るだけ一生懸命

この部分は、原文では丸カッコでくくられていて、アリスが眠るまいと、心のうちで念じているさまが強調されている。

＊しかし

原文には存在しない逆接。新理知派などと称された芥川、菊池の文章を彷彿とさせる。

10頁

＊そして兎が丁度（ちょうど）、生垣の下の大きな兎の穴の中に、入りこんだのをうまく見とどけました。

芥川の代表作『河童』で、主人公が河童を追いかけて穴に落ち、河童の国へ至るくだりは『不思議の国のアリス』のこの場面がモチーフと言われている。

12頁

＊「橙の砂糖漬」

原文は“ORANGE MARMALADE（オレンジのマーマレード）”。当時の日本の読者にわかりやすいように工夫して訳したのだろう。ちなみに「橙の砂糖漬」が入っている「壺」は原文だと“jar”。現代だと「（ガラス）瓶」と訳されることが一般的だが、上から落ちてきたら怖いのは「壺」の方だろう。

＊これからは二階から落っこちることなんか、平気の平左だわ。

「平気の平左衛門」の略で、平気なことを「へい」で語呂合わせして、人名のように言った言葉。アリスの冷静さがよく伝わってくる。原文は“After such a fall as this, I shall think nothing of tumbling down-stairs!（こんな落っこち方を経験したら、これから階段を転がり落ちるぐらいへっちゃらよ）”となっている。

＊（これは実際ほんとでしょう。と云うのは屋根から落ちたら何にも言うどころではありませんから。）

カッコ内の後半部分「と云うのは～」からの文章は原文にない。屋根のてっぺんから落ちても何も言いやしない、と豪語するアリスに対する（語り手の）合いの手「これは実際ほんとでしょう」に、なぜ「実際ほんと」なのか、翻訳者が解説をつけてくれている。

芥川・菊池訳では、このような親切な工夫がところどころに見られる。

13頁 **＊あれは反対人（アンティパシーズ）だわ（対蹠人（アンティポディーズ）とまちがえた）**

「（対蹠人（アンティポディーズ）とまちがえた）」は翻訳者による解説。対蹠（たいしょ）「人（じん）」と訳されているが、〝antipodes〟は対蹠（たいしょ）「地（ち）」、つまり地球の裏側という意味で、イギリスから見ればオーストラリアやニュージーランドが対蹠地にあたる。アリスが言い間違えて口にした〝antipathies（芥川・菊池訳「反対人（アンティパシーズ）」）〟は「反感」の意味。なので、〝antipathies〟ではまったく意味が通じない。アリスが誰も聞いていなくてよかったと思うのも道理だろう。穴に落ちた先の〝反対人〟としては、アリスが「不思議の国」で出会うユーモラスな人物たちより、人間社会とはあべこべの考えや習性をもつ芥川の河童たちの方が近いだろう。

15頁 **＊おお耳よ、髭よ、**

原文は〝Oh my ears and whiskers〟で、〝Oh, my God!〟に掛けてルイス・キャロルが作った兎語。余談だが、この台詞のあと、「兎が角を曲がる」いう表現が二度使われていて、「兎（と）に角（かく）」を想起させる。これは夏目漱石が使いはじめたとされる「とにかく」の当て字だが、「兎角（亀毛）」は古来からある表現で、兎の角や亀の毛など、実在するはずのないもののたとえ。『不思議の国のアリス』にぴったりな言葉といえよう。

18頁

＊火傷をしたり、怖ろしい獣に食われたりした子供の、いろいろなお話や、又は其の他のいやなことの書いてあるお話

ヴィクトリア朝時代に子供たちが読むのを許されていた教訓話や戒めの話のことを指す。原文では“several nice little stories about children”。子供たちが残酷な目に遭う教訓話に皮肉を込めて、“nice”と表現されている。しかし、怪奇趣味に導かれ、学生時代から怪談や説話集を読み漁っていた芥川にとっては、字義通りに“nice”なストーリーだったかもしれない。

＊赤い焼火箸

“a red-hot poker（真っ赤に熱された火かき棒）”の訳で、暖炉などで使う「火かき棒」が、火鉢や囲炉裏などで使われる「火箸」と表現されている。芥川・菊池訳のアリスが日本家屋に住んでいるのか、それとも洋室で日本の道具に囲まれて暮らしているのか、混乱するが、いずれにせよ、日本の読者にイメージしやすいように工夫して訳出されている。

＊桜桃の饅頭

チェリー・タルト（cherry-tart）の訳語。「橙の砂糖漬」といい、芥川・菊池はお菓子に一家言あったのだろうか。実際、芥川は甘党として知られる。随筆『しるこ』では、おしるこが世界中に受け入れられ、ニューヨークやパリの街角で、人びとがおしるこをする情景が夢想されている。そんな芥川が贔屓にしていた和菓子屋が、東京上野にある「うさぎや」だ（芥川の頭にあったのは、時計兎ならぬお菓子屋の兎だった!?）。餡を牛皮で覆った牛皮まんじゅうを好んだほか、一口最中も大好物で、晩年には胃が弱ったため「一度に三つしか」食べられないと愚痴をこぼすほどだった。和菓子屋の「うさぎや」は現在でも営業を続けており、「うさぎまんじゅう」という商品もある。カスタードやトフィーといっしょに頬張れば、アリスの気分が味わえるかも。

19頁

＊しかもテーブルが硝子(がらす)で出来て居るものですから

小さくなったアリスがテーブルを見上げて鍵が見える理由を説明しているこの文章は原文にはない。読者が理解しやすいように翻訳者が付け足したもの。

20頁

＊球投げ遊び

原文でアリスは一人でクロッケーの試合（a game of croquet she was playing against herself）をしている。芥川・菊池訳は、おそらく聞きなじみのない「クロッケー」という表現を避け、「球投げ遊び」と訳したのだろう。ちなみに、物語後半に登場するハートの女王様の「クロッケー場」は、「球打場(たまうちば)」と表現され、「クロッケー」は「球打(たまうち)」となっている。芥川・菊池訳は前半と後半で訳者が違うのではないか、という説が提示されていて、その傍証の一つである。

＊大層小さな菓子

原文ではケーキ（a very small cake）だが、芥川・菊池訳は干しブドウがのった「お菓子」になっていて、アリスはケーキを食べ損ねている。

23頁 **＊「変ちきりん、変ちきりん。」**

アリスの有名な台詞“Curiouser and curiouser!”の翻訳。「アリスは正しい言葉を使うのを忘れてしまったのでした」とあるように、本来“curious”には比較級を用いることができず、おかしな英語になっている。この台詞の面白さを日本語に翻訳するために、これまで翻訳者たちは色々と知恵を絞ってきた。「てこへんだわ。ほんとにとこりんへん。」（芹生一訳）、「奇妙れてきつ！奇妙れてきつ！」（柳瀬尚紀訳）、「ますます、妙だわ、ちきりんよ！」（高橋康也・高橋迪訳）、「へんてこりんがどんどこりん！」（河合祥一郎訳）などなど。芥川・菊池訳の「変ちきりん」は、芥川の師、夏目漱石『吾輩は猫である』にも登場する。主人公の猫が飼主の友人、迷亭君に対して、「いよいよ変ちきりんな事を言う」と評している。猫のこの言い回しは、国語辞典の用例にも載っていて、おそらく日本でもっとも有名な「変ちきりん」の用例であろう。

24頁 **＊炉格子（ろごうし）付近（ふきん）敷物町（しきものちょう）　アリスの右足様　アリスより**

“Alice’s Right Foot, Esq.／Hearthrug,／near the Fender.／(with Alice’s love).”で、直訳すると「アリスの右足殿／暖炉前の敷物上／炉格子の隣／（アリスから愛をこめて）」となる。日本と英国では宛て名の書き方に違いがあり、芥川・菊池寛訳は日本の慣例に従って訳している。「敷物の上」の部分を「敷物町」と町名になぞらえている辺りは芸が細かく、“with Alice’s love”も「アリスより」と、日本の手紙らしく締めくくられている。

25頁

＊（そう言っていいくらい彼女は大きいのでした。）

「お前のような大きな女の子が、こんなに泣くなんて。」に対して、原文では"She might well say this（そう言っていいくらい彼女は大きいのでした）" とカッコ書きで、語り手から合いの手が入る。残念ながら、この合いの手は芥川・菊池の原訳では脱文しているため、原文に即して補った。

＊兎はぶつぶつ独語（ひとりごと）を言いながら、大急ぎでピョンピョン跳んで来ました。

第二章・第三章では、擬態語が多く使われているのが芥川・菊池訳の特徴である。ウサギはピョンピョン飛び跳ね、ワニは金の鱗をピカピカと光らせ、猫のディナー（ダイナ）がゴロゴロ喉を鳴らし、ネズミはぶるぶる体を震わせ、鳥や獣がガヤガヤ集まってくる。原文にはこのようなオノマトペはほとんど使われておらず、日本語訳ならではの楽しみになっている。

＊兎はびっくりして、ひどく跳び上がって、そのはずみにキッドの手袋と扇子を落として、

"The Rabbit started violently dropped the white kid-gloves and the fan,（白兎はひどく驚いて、子ヤギ製の白手袋と扇子を落とすと）" というのが原文で、「ひどく跳び上がって、そのはずみに」というのは訳者が付け足した表現。前注でも触れたように、芥川・菊池訳では動物たちの動きが、ビジュアライズされる形で訳出されている。

29頁

＊「これでは確かに文句が違ってるわ。」

アリスがここで暗唱しようとしたのは、怠惰といたずらを戒める教訓歌“Against Idleness and Mischief”の一節。元の歌では、けなげに働くミツバチの姿が描出されていて、人々にお手本を示している。ところが、キャロルはその教訓歌をもじり、水浴びをして、にっこり口をあけて魚を迎えいれる（怠惰な）ワニを描いた。

＊みんなお辞儀をして来てくれるといいんだが。

元々は“I do wish they would put their heads down!（みんな心配して覗きこんでくれたらいいけど！）”の意味。アリスが「あの方」と呼ぶアダ（Ida）は上流階級の名で、アリスにとって憧れの対象、反対にメーベル（Mabel）はなりかわりたくない対象だった。芥川・菊池訳では、大人がお辞儀をして機嫌を取ろうとしているようにも読め、アリスは（妄想の中で）なりたかったアダになれていたのだろうか。

31頁

＊そこにはいろいろの遊泳（およぎ）の道具があって、

「そこにはいろいろの遊泳の道具」は原文だと“a number of bathing-machines in the sea（移動式更衣室車がずらりと並んでいる）”。ヴィクトリア女王時代には、車輪のついた移動式更衣室を馬に引かせて波打ち際まで乗り入れ、その中で着替えて海に入った。そのような風習のない日本では、うまく翻訳ができず、「いろいろの遊泳の道具」と訳したのだろう（続く「木の鍬（くわ）」は“wooden spades”で、柄の長いシャベル。こちらも日本風にアレンジされている）。余談だが、芥川は水泳を得意としていた。幼少のころ病弱だったのが、大川（隅田川下流）で水泳をするようになってから体が丈夫になっていったという。涙の池も、芥川ならさっそうと泳ぎ切ったことだろう。

35頁　**＊千円の値打ち**

当時、大卒のサラリーマンの初任給は五十～六十円とされている。芥川が初めての原稿料を得たのは『虱』という作品で、原稿料がいくらもらえるのか、振込を心待ちにしていた。友人らと金額を予想し合い、原稿用紙一枚につき一円あるいは、もっともらえるのではないかという意見も出た。しかし振り込まれたのは原稿用紙十二枚に対して三円六十銭。つまり一枚当たり三十銭で、予想の三分の一以下。その後、『中央公論』に載った作品は一枚九十銭となり、待遇は改善していった。「千円の値打ち」があるというのは、デビュー時の芥川にとってみれば「原稿用紙三千枚以上の値打ち」があるということになる。

36頁　**＊鴨や、ドードー（昔印度洋のMauritiusに住んで居た大きな鳥）や、ローリー（一種の鸚鵡）だの、子鷲だの、**

芥川・菊池訳にみられる「（昔印度洋のMauritiusに住んで居た大きな鳥）」や「（一種の鸚鵡）」という説明書きは原文になく、翻訳者が日本の読者のために補足したもの。ここに登場する鳥たちはルイス・キャロル本人や身近な人物たちになぞらえられている。「鴨（a Duck）」はルイス・キャロルの友人Robinson Duckworth、「ドードー（a Dodo）」はルイス・キャロルの本名Dodson（キャロルは吃音のために「ド、ド、ドッドソン」とどもることがあったという）、「ローリー(a Lory)」は、アリスのモデルであるアリス・リデルの姉Lorina、「小鷲(an Eaglet)」はアリス・リデルの妹Edithに由来する。人物を動物に例える手際の良さは、どことなく、芥川と菊池が学生時代に師事した夏目漱石を彷彿とさせる。夏目漱石は菊池寛の容貌を「あいつの顔は、シャークだね。壁にぶっつかったシャークの顔だ」と評したという(面と向かってそう言われた菊池は終生、夏目漱石を嫌った)。

37頁　**＊まるで、皆と小さい時分から、知り合いだったかのように。**

この記述には、ルイス・キャロルから現実のアリス・リデルへの秘密のメッセージが含まれている。前注で記した通り、ドードー、鴨、ローリーと小鷲は、それぞれキャロル本人、友人のダックワース、アリスの姉と妹になぞらえてあり、そのことが暗示されている。キャロルがアリス・リデルにウィンクしている姿が透けて見える。さて、物語のアリスは家族や友人と(束の間)合流できた。続く、ローリー(＝アリスの姉)との会話の中で、ローリーが不機嫌になって、「わしはお前より年をとっている。だからお前より、よく物を知って居るに違いないんだ。」と言うのは、アリスがいつもこのように姉に言い負かされていたのであろう。残念ながら、芥川・菊池訳はキャロルからアリス・リデルへのメッセージに気づいていないようだ。もしかすると、訳出されたローリーのような口調で説教する年長者が、芥川・菊池の周辺にいたのかもしれない。

39頁 **＊一番干からびた面白くない話です。**
鼠はずぶ濡れになった体を乾かす（dry）ために、自分の知っているもっとも無味乾燥（dry）なお話を披露してみせる。

＊略奪と征服
芥川・菊池の原訳では「略奪（usurpation）」と征服の憂き目とすべきところを、「専制」と征服と訳（誤訳）しているので、修正した。ここで語られている史実は、リデル家で使用されていた歴史教科書からの忠実な引用となっている。物語冒頭で、アリスが「絵も、お話（会話）」もない本なんてつまらないと思う場面があるが、アリスにとって教科書はその最たるものだっただろう。ある意味、芥川・菊池訳が導き出した（正史とは異なる）ちんぷんかんぷんな歴史は、アリスの頭の中の歴史像に近いのかもしれない。

40頁 **＊（英語で今の「知りました。」という言葉は、普通「見つけた。」という意味に、使われるものだからです。）**
英語の“found it”を巡る鼠と鴨のやり取りについて、翻訳者が日本の読者を意識して解説を加えている。“found it”を何かを見つけたと思い込んだ鴨が、「何を見つけたって?」と鼠に尋ねる。“it”は仮目的語で、あとに「それ」の内容（エドガア・アスリングと一緒に、ウィリアムに会って、王冠を捧げること）が語られるのだが、鴨にとっては“found”するものはエサ（蛙かミミズ）と相場が決まっている。

41頁

＊「英語で言ってくれ。」

直前のドードーの台詞が、議会などで使われる難解な言葉遣いだったことを揶揄した台詞（英語で言ってくれ＝わかるように喋れ）。芥川と菊池も議論好きだったことで知られる。芥川は自分を「悪辣な弁舌を弄する人間」だと自認し、相手をやり込めることに長けていた。ところが、菊池との舌戦では、議論に勝った時でさえ、一向に気持ちが晴れず、むしろ「どうもこっちの云い分に空疎な所があるような気」がしたらしい。まして、菊池に負けた時には、「ものの分った伯父さんに重々御尤な意見をされたような、甚憫然な心もち」になってしょげたという（「兄貴のような心持――菊池寛氏の印象」より）。

43頁

＊「みんなが勝ったんだ、だからみんなが賞品をもらうのだ。」

この景品の配り方は、菊池寛のエピソードを彷彿とさせる。菊池は、自家や近所の家に出入りのあった商店の店員や御用聞きの人たちを集め、よく「ベーゴマ大会」や「剣玉大会」を開いていた。一等には、賞金に加え、鉄工所で特注したベーゴマなどの高価な代物が与えられ、負けた者にも参加賞として賞金が必ず用意されていた。

＊ボンボン

原文は「コンフィット（comfits）」。砂糖がけの衣で、果物の細片やクルミなどを包んだお菓子。キャンディ菓子の一種である「ボンボン（bon-bon）」も同じく洋菓子だが、尾崎紅葉『金色夜叉』などにも登場し、芥川や菊池の時代にはすっかりおなじみのものになっていたようだ。

＊「外(ほか)には何がポケットに入って居ますか。」とアリスの方を向きながら、言いました。

芥川・菊池の原訳でのドードーは、『外には何がポケットに入って居ますか。』とアリスの方を向きながら、鼠に言いました。」と誤訳されていて、かなり複雑な言動をとっている。読者の無用な混乱を避けるために（英語原文に従って）翻訳を修正し、「鼠に」ではなく、アリスに向かって話しかけてもらった。

46頁

＊（英語で「おはなし」という言葉は「尻尾」という言葉と音が同じに聞こえるのです。）

ここも日本の読者に向けて芥川・菊池訳が解説を付け加えている。アリスは「長いお話 (a long tale)」を「長い尾 (a long tail)」と勘違いし、なぜ尻尾が長いと悲しいのか、その謎を解こうとしている。

＊おい、つべこべ　言わずついてこい。　裁判遊びの始まりだ。　今朝は他に　やることもなし。」　今度は鼠が　言いました。

芥川・菊池の原訳では、犬の脅し文句 (Come, I'll take no denial: We must have the trial; For really this morning I've nothing to do.) を鼠の台詞と取り違えて、次のように訳している。『うん、わたしは／いやとは言わぬ。／今朝はわしは仕事がないか／ら裁判遊びを／してもよい。』／と鼠が言い／ました。」これでは鼠が裁判遊びを承諾してしまっていることになる。アリスは鼠の話を（真面目に）聞いていないが、鼠からアリス、アリスからキャロル、キャロルから芥川・菊池へ、うねうねと伝言ゲームをやった結果のようで面白い。

49頁　**＊「母さんのように口うるさいのには、我慢強い牡蠣だって我慢ならないわ。」**

芥川・菊池の原訳では、台詞の後半が「牡蠣の我慢強いのを真似れば十分だわ。」となっている。原文では、娘の蟹が母親に対して“You're enough to try the patience of an oyster!（母さんのように口うるさいのには、我慢強い牡蠣だって我慢ならないわ）”と苦情を言い立てる台詞。原文に即して修正した。ところで、芥川の短篇小説に蟹が登場する『猿蟹合戦』（昔ばなしの猿蟹合戦のパロディ作品）がある。親の仇討ちを果たした子蟹のその後が描かれているのだが、猿殺しは私憤の結果として、子蟹は裁判で死刑に処され、世論からも見放されてその家族までもが不幸な末路を辿る。芥川としては、やはり蟹は「牡蠣の我慢強いのを真似」なければならないのだろうか。

51頁　**＊まあ、わたしの足、まあ、わたしの毛皮と髭（ひげ）**

15頁の「おお耳よ、髭よ、」の注釈と同じく、英語の慣用句“Oh my god!”をもじった兎語（Oh my dear paws! Oh my fur and whiskers!）。ちなみに台詞は“She'll get me executed, as sure as ferrets are ferrets!（公爵夫人は私を死刑になさることだろう。フェレットがフェレットであるぐらいまちがいない）”と続く。兎の天敵であるフェレット（白イタチ）を使った兎語だが、芥川・菊池の原訳ではこの後半の箇所が残念ながら訳出されていない。

52頁　**＊メーリー・アン**

芥川・菊池訳は「メーリー・アン」「メリー・アン」と表記が揺れている。より多く登場している「メーリー・アン」に表記を統一した。

65頁 **＊が、アリスはこの犬は御腹をへらして居るかも知れない、もしそうだといくらご機嫌をとっても、自分が食べられると思って、内心びくびくして居ました。**

理由は定かではないが、芥川龍之介は大の犬嫌いで知られている。数軒先の犬の気配を察知して道を避けたりするなど、犬をたいへん怖がっていたという。もし体が小さくなって、この犬ころ（puppy）と対峙していたら、どれほど震えあがったことだろう。

69頁 **＊水煙管**

芥川は愛煙家で知られる。作品にも、日本へ煙草を広めた悪魔を描いた『煙草と悪魔』がある。芥川が愛煙した銘柄として「ゴールデンバット」が知られており、命日には墓前にお線香の代わりに「ゴールデンバット」を供える人も多かった。しかし、二〇一九年に百年以上続いた「ゴールデンバット」の販売が終了。同銘柄を愛した文豪は多く、太宰治や中原中也、内田百閒なども好んで喫っていた。また、菊池寛もチェーンスモーカーで有名である。愛煙したのは「キャメル」。原稿や考えごとには欠かせなかったようで、着物や机は煙草の灰で焼け焦げだらけだったという。

76頁 **＊鼻っ先で鰻を秤ったが**

この『ウィリアム父さん、年をとった（You are old, Father William）』は意訳ながら、七五調で調子をとったり、親しみやすい口語で再現されるなど、軽妙な名訳である。「鼻っ先で鰻を秤った」は、「鼻っ先で鰻を立てて秤った（you balanced an eel on the end of your nose）」で、本編の挿絵のような状況である。

77頁　**＊「わしには分からんよ。」**

“you know（ねえ）”というアリスの同意を求めるフレーズを、芋虫が字義通りに解釈して“I don't know（わしには分からんよ）”と答えている。

79頁　**＊それもその筈です。**

英語原文には存在しない合いの手。訳者の話し運びの巧みさが際立つ。さて、この場面では、アリスの体の一部分（首）だけが伸びている。芥川の代表作の一つ『鼻』は、五、六寸（約一五～一八センチ）の鼻を持て余している禅智内供の話である。禅智内供は自身のコンプレックスである「鼻」をどうにかしようとあの手この手を尽くし、鼻を湯で茹でて、人に踏ませるという苦行を経て、どうにか鼻を短くすることに成功する。それに比べて、アリスの伸縮方法は至って簡単。ぜひ禅智内供に茸をお裾分けしてあげてほしい。

91頁　**＊（チェシャー猫はいつも笑って居るような顔をして居るのです。）**

訳者が付け加えた補足。「チェシャー猫（a Cheshire）」は“grin like a Cheshire cat（チェシャー猫のようにニコニコ笑う）”というイディオムから作られたキャラクター。また、芥川・菊池の原訳では、この部分が「いつも知って居るような顔をしている」と説明があるが、「いつも笑って居るような顔をしている」の誤植と考え、改めた。

92頁

＊「猫はみんな笑えるんだよ。」と公爵夫人は言いました。「そして大抵の猫は笑っているよ。」

芥川・菊池の原訳では「猫はみんな笑えるんだよ。……そして大抵の猫は知っているよ」となっていて（原文は"They all can, ...and most of 'em do"）、ここも誤植と判断し、修正した。それとも、芥川・菊池は猫を物知りにしたかったのだろうか。

＊大きな皿

台所を飛び交う食器類は日本の読者に想像しやすいような訳に統一されている。"a dish or kettle"は「皿か土鍋」、"fire-irons"は「火箸」、"a shower of saucepans, plates, and dishes"は「小皿や大皿や平皿（を雨のように投げつけました）」など。ここの「大皿」、本来なら"saucepan（片手鍋）"が飛んできている。

93頁

＊唄の終い（しま）に赤ん坊をひどくゆりました。

「唄の終いに」とあるが、原文では「唄の一章節ごとに（at the end of every line）」赤ん坊を揺すったとある。芥川・菊池訳の方が赤ん坊に（比較的）優しくなっているといえる。

96頁 **＊鼻と云うよりもむしろ嘴（くちばし）のようでした。**

ここの「嘴」は「豚の鼻」と訳されることが多い。一読、芥川・菊池の誤訳か？と思うが、原文は"snout"となっている。"snout"は犬などの動物の顔から突き出ている部分（鼻や顎（あご）、口など）を指す英語で、対応する言葉が日本語にない。芥川・菊池訳の「嘴」は、訳者の工夫と言えよう。嘴だと河童のイメージに近いが、芥川の描いた「河童」の鳴き声は"qur-r-r-r, qur-r-r-r-r"なので「ブウブウ」からはやはりほど遠い。

98頁 **＊帽子屋と言っても帽子を売ったり作ったりする人のことではありません。アダ名の帽子屋です。）**

ここも原文にはない文章で、訳者による読者に対する配慮。

101頁 **＊これが生まれて初めて見たふしぎなことだわ。**

「こんな不思議なこと、今まで見たことがなかったわ(It's the most curious thing I ever saw in all my life!)」の意味で、芥川・菊池訳では微妙に意味がずれている。喋る兎との出会いや体が伸び縮みする体験をアリスがすっかり忘れたように訳出されている（あるいは、ニヤニヤ笑いだけ残して消えたチェシャー猫にとびぬけて驚いたのかも）。

105頁 **＊「烏（からす）は何故写字机（しゃじつくえ）に似て居るのだろうか。」**

「烏とかけて書き物机と解く、その心は？（Why is a raven like a writing-desk ?)」という

なぞなぞ（謎かけ）。ちなみに、このなぞなぞには答えがない、とルイス・キャロル本人も証言している。

107頁

＊（山鼠はいつも寝て居るということからでて来たのです。）

芥川・菊池訳が読者のためにつけ加えた解説。

＊アリスは自分の知って居る限りの鳥と、写字机のことをのこらず（といってもそう沢山ではありませんでしたが）思い出して見ました。

「アリスは知っている限りの鳥と写字机の共通点に考えを巡らせましたが、そう沢山はありませんでした。（Alice thought over all she could remember about ravens and writing-desks, which wasn't much.）」という文章を少し取り違え、丸カッコを付けてアリスが鳥と写字机について知識が乏しいように訳し代えている。また、この「烏(からす)」の部分は、芥川・菊池訳では「鳥(とり)」となっている。原文が"ravens（烏）"のため、「烏」に改めた。『アリス物語』は全ての漢字にルビが振られているが、それは翻訳者がすべてのルビを指示したことを必ずしも意味しない。原稿から活版を組版する者や編集者の判断に委ねられたものも多く、「烏(からす)」から「鳥(とり)」への誤植もそんな作業のなかで起こったと考えられる。

＊「それでわしは、バタは仕事に何の役にもたたないといったのだ。」

"A Mad Tea-party"は「気違いの茶話会」だけあって、訳出が難しい箇所が多い。ここも「それでわしは、バターを塗ったところで時計が動くようにならないと言ったのだ（I told you butter wouldn't suit the works!）」とすべきところ。時計の差し油として、一番上等なバター（高級品）を使ったというナンセンス話なのだが、さすがの芥川・菊池も、故障した時計にバターを塗るというルイス・キャロルの発想についていけなかったのだろう。

108頁 **＊「パン切りナイフなんか、入れてはいけなかったんだよ。」**

お帽子屋はバターを塗るのにパン屑（くず）のついたパン切りナイフを使った。そのために時計にパン屑が入っている。ここの台詞は「（バターを塗るのに）パン切りナイフなんか、（時計に）入れてはいけなかったんだよ。（You shouldn't have put it in with the bread-knife.）」の意味。

＊時計を茶呑茶碗（ちゃのみぢゃわん）に入れて

バタ付きパンを浸す代わりに、バタ付き時計を紅茶に浸している。「茶呑茶碗」は"his cup of tea"なので、紅茶のティーカップを指すが、和風（あるいはどちらとも取れるよう）に変えられている。

110頁 **＊たとえて言えば、朝の九時が本を読みはじめる時間だとすると、**

物語冒頭で「絵もお話（会話）もない」本はつまらないとアリスはばっさり切り捨てている。第九章に出てくる「小学本」なども、アリスはお気に召さないのだろう。ここの原文は「たとえて言えば、朝の九時が授業がはじまる時間だとすると（For instance, suppose it were nine o'clock in the morning)」で、「本」は「lessons」の意訳。芥川・菊池訳はアリスの本嫌いの性格を一貫して守っているようにも見える。一方で『アリス物語』は『小学生全集』の一冊として刊行されたものだが、カラー画を含めできる限り挿し絵を取り入れようとしたようだ。この『小学生全集』なら、アリスのお気に召しただろうか。しかし、『小学生全集』には『日本歴史物語（上・下）』や『世界歴史物語』などのアリスが嫌いな歴史本や、『算術の話』なども含まれているので、やっぱりアリスには「つまらない」かもしれない。

＊「だがお前さえその気になりゃ、一時半に合わす事が出来るようになるさ。」

原文では、お勉強が始まってすぐ「時」に合図して、昼飯時に時計の針を進めてもらってもお腹は空かないんじゃない？と訊いたアリスに、お帽子屋が「（お腹が空くまで）一時半でずっと時を止めてもらえばよい（you could keep it to half-past one as long as you liked）」と答えている。芥川・菊池訳では、アリスの方がお腹具合を一時半に合わせればよい、と意訳されている。

111頁

＊『ひらり、ひらり、小さな蝙蝠よ、お前は何を狙って居るの。』

有名な童謡「きらきら星（Twinkle, twinkle, little star）」のパロディー。もとは十八世紀末にフランスで流行したシャンソン。その後、イギリスの詩人ジェーン・テイラーの英語詩"The Star"を歌詞とする替え歌"Twinkle, twinkle, little star"が童謡として広がり、さまざまな言語に訳され、日本にも紹介された。ここでは「星（star）」が「蝙蝠（bat）」に入れ替えられ、歌詞が替わっている。ぜひ「きらきら星」を思い浮かべながら読んでいただきたい。

113頁 **＊「けれども、お前さんはいつか初めの席に帰るでしょう。そうしたらどうするの。」**

芥川・菊池訳では、ここの台詞が少し異なっている。原訳では「その通りだ。そうきまってしまったのだから。」とするお帽子屋に対して、アリスは「けれども、いつお前さんは初めにかえっていくの。」と尋ねる。原文に即して、二つの台詞を修正した。アリスが、テーブルの周りをぐるぐると回って、いつかは最初の席に戻ってしまうでしょう、とお帽子屋の急所を突くが、三月兎が割って入って話題が替わる。

114頁 **＊「その人たちは砂糖水をのんで生きていたよ。」**

菊池寛は虫歯が多く、若くして総入れ歯になった。そのためか、カステラなどの甘くて柔らかいものが大好物だった。もし「砂糖水（treacle）」の井戸があったら、毎日通ったことだろう。

116頁 **＊「何を汲みだしたの。」**

山鼠が「汲みだす（draw）」の意味で言った言葉を、アリスは「描く（draw）」の意味でとらえる同音異義語のとんちんかんなやりとりのはずだが、芥川・菊池訳ではスムーズに会話が成立してしまっている。

118頁 **＊急須**

“tea-pot”の訳。「茶呑茶碗」、「茶道具」、「茶盆」、「急須」などと、まるで緑茶が振る舞われている（テーブルには「ミルク壺」が置かれているので、緑茶にミルクを入れて飲んでいる？）かのような雰囲気である。このように当時の翻訳では、馴染みのない事物は日本にもともとある物に置き換えて訳されることが多かった。ところで、お帽子屋と三月兎が、山鼠をティーポットに入れようとする行動（図参照）は、現代の読者には突飛に思われるだろうが、十九世紀当時のイギリスには、ティーポットにコケや草を敷きつめ、山鼠を中に入れて子供に贈る風習があったという。

121頁 **＊「おい、気をつけろい、五の野郎、こんなにおれに絵具をはねかすない。」と怒鳴っているのが聞こえました。**

「と怒鳴っているのが聞こえました。」の部分は脱文していたため補った。

122頁 **＊「何でだ。」と、初めの男が言いました。**

芥川・菊池の原訳では「一人の男が初めて言いました」となっている。「初めに口をきいた一人（the one who had spoken first）」とすべきところを「一人の男が初めて」口をきいたとしてしまったようだ。誤訳と思われるので本文では修正した。芥川・菊池訳のまま読むと、「おい、気をつけろい」と初めに怒鳴る第一のカードがいて、「七の野郎がおれの肘をついたんだよ」と言い訳をするのが五のカード、「五の野郎、お前はいつも他人に罪をなすりやがる」と言い返すのが七のカード。続けて五のカード、七のカードが罵り合い、そのあとに『何でだ。』と、一人の男が初めて言いました。」という問題の文章が来て、トランプ庭師は三人のはずなのに、「初めて」口をきく第四のカードが存在することになってしまう。この第四のカードは、すぐさま「二の野郎」と呼ばれるので、二のカードと判明するが、最初に「おい、気をつけろい」と怒鳴ったカードが忽然と姿をくらませたままだ。この第一のカードはその後も登場せず、謎に包まれている。

＊「いいや、それはそいつに用のあることだ。」と五がいいました。

ここの五のカードの台詞は、芥川・菊池の原訳では次のようになっている。「うん、それはあいつに用のあることだ。……それだからわしがあいつに話してやるよ」。このままでは、七に「うん」と同意する意味がよく呑み込めないうえ、「あいつ」が誰かもわかりづらい。原文では、直前の七の台詞“That's none of your business, Two!（それはお前には用のないことだ、二の野郎）”を受けて、五が“Yes, it is his business! …… And I'll tell him—”と、否定の発言（none of your business）を肯定（Yes, it is his business!）で返している。このYesをそのまま、「うん」と訳してはいけないのが、英語と日本語の難しいところ。芥川・菊池の原訳が「あいつ」としているのは、（二のカードでなく）存在しないはずの第一のカードに話しかけているからかもしれない。いずれも、意味が通りやすいように訳文を改めた。

125頁　**＊カルタの一組**

第八章の登場人物がトランプカードであることが明かされる場面。当時、「カルタ」はトランプを指す言葉としても一般的に使われていた。ちなみに、菊池寛はトランプ遊びについて、ポーカーは「一寸自信がある」と自負していた。

126頁　**＊「馬鹿ねえ。」とアリスは大層大きな声で、キッパリと言いました。**

側近のジャックに「痴れ者！（Idiot!）」と怒鳴り、次々に打首を連呼するハートの女王にアリスは「意味不明！（Nonsense!）」と告げる。芥川・菊池訳では両方の台詞で「馬鹿」という言葉が使われ、アリスが女王に意趣返しした風に訳されている。

128頁　**＊「陛下のお気に召すように。」と二は片膝をつきながら、恐れ入った声でいいました。**

芥川・菊池の原訳では「二人は片膝をつきながら……」としていたところを修正した。"…said Two（…と二のカードは言いました）"の"Two"を二人と取り違えたようだ。もしかすると、122頁の注で記した、謎の第一のカードが紛れこんでいたのかもしれない。

＊「仰せの通りに、首をはねましてございます。」

トランプが行方をくらましたという「畏れながら、消え失せましてございます。女王陛下！（Their heads are gone, if it please your Majesty!）」を「首をはねましてございます（Their heads are gone）」という（女王陛下が勘違いするはずの）意味で訳して、兵士たちが嘘の報告をしたことになっている。この後の球打場のシーンで、アリスが「みんなが正直に球打ちをして居るとは思えないわ」とハートの女王が裸の王様であることを指摘する場面があるが、芥川・菊池訳の兵士たちの偽りの報告は、女王と臣下の溝をより浮き彫りにしているともとれる。

131頁

＊球打遊び

イギリスの伝統的なスポーツであるクロッケー（Croque）を下敷きにした場面であることは広く知られている。この段落の芥川・菊池訳は指示語が多く、木槌代わりに生きた紅鶴（live Flamingoes）、ボール代わりに生きた蝟（live hedgehogs）を使用する難しさを表しているようにも読める。ところで、日本で普及しているクロッケーに最も近い球技はゴルフであろう。大人がたしなむスポーツとしてすっかり定着したが、実は菊池寛が創刊した『文藝春秋』がその火付け役である。ゴルフ以外にも競馬や麻雀なども『文藝春秋』で取りあげられたことでブームになったとされ、無類の新しいもの好きだった菊池は娯楽の一大プロデューサーであったといえる。

140頁

＊第二に夫人の背はアリスの肩に顎が来るくらいの高さで、気味わるいほど尖って居る顎をアリスの肩にのせて居たからでした。

芥川・菊池の原訳では、「第二に夫人の背はアリスの肩くらいしかありませんでしたので」となっている。これでは、かなりふんぞり返った態勢をとらないと、

アリスの肩に顎を乗せることができないおかしな状況になってしまうので、誤訳と考え改めた。ジョン・テニエルの挿絵（図参照）が手もとにあれば、誤解が生じなかった場面といえる。

141頁

＊「ある人は、こういうのを言ってよ。」

第六章「豚と胡椒」を参照されたい。

＊「そしてそれの訓というのは――『感を気をつけなさい。すると音は、それ自ら注意を集める。』というのだよ。」

公爵夫人は何事にも「訓」を見つけたがる「訓」大好きおばさん。けれど、肝心の訓がよくわからない。ここの原文は"Take care of the sense, and the sounds will take care of themselves"で、英語のことわざ「小金を大切にすれば、大金はおのずから集まる（take care of the pence and the pounds will take care of themselves）」のもじり。つまり「"the sense"を大切にすれば、"the sounds"はおのずから形をなす」の意味で、言いたいこと（the sense）が先で、言葉（the sounds）は後から湧いてくる、という格言となる。芥川・菊池訳の「感を気をつけなさい。すると音は、それ自ら注意を集める」は、まさに言いたいこと（the sense）がまとまらないので、言葉（the sounds）が出鱈目になってしまっていて、奇しくも公爵夫人の訓を体現してしまっている。

＊腰に手を回してほしいだなんて、ちっとも思わなかったからでした。

芥川・菊池の原訳では、「そして試してもらう事を、余り気にもかけませんでした」で、真逆の意味になっている。原文に即して改めた。

142頁 **＊（Mine[マイン]を鉱山と、「わたしのもの」というのと一緒にしたのです。）**

原文にはない、芥川・菊池オリジナルの補足説明。

＊——というのだ。」

芥川・菊池訳では、次の行から20行分が欠けている。脱文は訳出が困難な箇所であったり、先行訳がない部分に頻出する傾向があり、好意的に解釈すれば、後回しにしてそのままになってしまったのだろう。場面によっては芥川・菊池訳だけを読むと意味が通じなくなっている箇所がある。それでは読者が困るので訳文を補っているが、芥川・菊池訳だけを味わいたい方は143頁15行目最後の「アリスは考えていました。」の文章まで飛ばして読んでほしい。

143頁 **＊アリスは考えていました。**

これは原文にない文章で、芥川・菊池が物語の辻褄があうように付け足した文章。つまり、（少なくともこの脱落箇所については）後で補うつもりがなかったことがわかる。

145頁 **＊他の者は全部拘引されて、死刑の宣告を受けました。**

芥川・菊池訳は、このあと7行分が欠けている。芥川・菊池訳だけ読みたい方は、146頁

5行目「二人が歩いていきましたとき」まで進んでいただきたい。脈絡がつかめないはず。

146頁

＊まがい海亀のスープ

当時、ウミガメのスープ“Turtle Soup”が高価であったため、まがいもののウミガメスープ（Mock Turtle Soup）が開発された。ルイス・キャロルは、この「まがいもののウミガメスープ」を「まがいウミガメ（Mock Turtle）」の「スープ」とし、存在しない生物を創り出した。実在した「まがいもののウミガメスープ（Mock Turtle Soup）」は、海亀の代わりに子牛の頭や他の肉を使う。スープと言えば、菊池寛の好物に、合いびき肉で出汁をとり、長ネギを入れたスープをご飯にかける「ぶっかけ飯（芳飯）」がある。「まがいウミガメのスープ」に関する部分が訳出されなかったのは、菊池の好みと違ったからだろうか。

＊（若しグリフォンを知らない人は、絵をごらんなさい）

こう言っておきながら、芥川・菊池版にはこの場面に挿絵がない。

147頁

＊「何がおもしろいの。」とアリスが言いました。

次の文章から、148頁9行目にある、「けれど、(アリスはまがい海亀が話しはじめるのを）辛抱強く待ちました。」という文章まで、芥川・菊池の原訳では訳されておらず、新たに補った。芥川・菊池版の読者には、女王の打首の真実も、海亀の悲劇も、「みんなぜんぶ、あの人の頭の中でしか起こってない」ことだと知らされず、ましてまがい海亀の登場シーンもなかったことになる。訳出が難しい箇所でもなく、不自然な脱落箇所といえよう。原稿用紙でいえば二枚程度の長さ。どこかで原稿が紛失してしまったのだろうか。

150頁

＊「何故正覚坊（しょうがくぼう）先生というんです。」とアリスは尋ねました。「なぜって小学本（正覚坊）を教えますからさ。」

「正覚坊」はアオウミガメを意味する言葉だ。そもそも、「正覚坊先生」の原作でのあだ名は“Tortoise（陸亀）”。海亀なのに陸亀先生と呼ばれているので、アリスは「なんでなの？」と突っ込む。その答えが“because he taught us”であり、“taught us”と“Tortoise”の音に掛けたダジャレとなっているわけだ。芥川・菊池訳では、多少のずれはあるものの、「小学本」を教えるので「正覚坊」先生なのだ、とあだ名とその由来が音に引っかけたダジャレになっている点を踏襲していて見事な訳といえる。なお、110頁「たとえて～」の注で『アリス物語』が菊池寛編『小学生全集』の一冊として刊行されたことは述べたが、この学校で教えられている科目名は、菊池寛編『小学生全集』を思い起こさせる。すでに紹介した歴史もの、数学ものの他、童話・文学に加え、『極地探検記』、『魚の世界・獣の世界』、『子供電気学』、『人類と生物の歴史』、『海の科学・陸の科学』、『面白文庫』、『虫の絵物語』、『メンタルテスト集』、『オモシロエホン』など多岐に及んでいる。「正覚坊（小学本）先生」は、『小学生全集』を意識したネーミングだったのかもしれない。

151頁 **＊「ところが習うことができなかったんだよ。」とまがい海亀は、溜息をついて言いました。**

海の底の学校では、課外である「フランス語、音楽及洗濯」を受講するのに「追加料金」（月謝袋の「その他」）が徴収される。まがい海亀は「お金が足りなくって習うことが出来なかった（I couldn't afford to learn it）」のだが、芥川・菊池訳では月謝が払えなくて、という説明がない。菊池は苦学生で、学費を工面するために血のつながりのない叔母の養子に入ったり（文学を志すことを養父から反対され、のちに養子縁組は解消）、友人の成瀬正一の実家から援助を受けて学業を終えた経験がある。まがい海亀が「ところが習うことができなかったんだよ」と事情を説明しない辺りには、菊池の苦労を重ねてしまう。

152頁 **＊「うん、神秘学があった。」とまがい海亀は、課目を鰭（ひれ）で算え（かぞえ）ながら答えました。**

ここから14行先までは芥川・菊池訳にない。芥川・菊池訳の続きは、153頁14行目「そうなんだよ。そうなんだよ。」というグリフォンの台詞から。

154頁 **＊「それが授業（レッスン）（Lesson（レッスン）には段々減っていくという意味があります。それをしゃれたのです）といわれるわけだ。」とグリフォンは言いました。「何故って、毎日毎日レッスン（授業と減っていくという二つの意味）していくからさ。」**

この二つのグリフォンの台詞にある丸括弧は、芥川・菊池による読者への解説である。なお、前半の台詞は、芥川・菊池の原訳では「それが授業（Lesson（レッスン））（レッスン（Lesson）には段々減っていく……）」となっていたが、読みやすさを優先して、現行の形にした。

156頁

＊「二度進み相手と向き合う――。」

芥川・菊池の原訳では「二度進む相手と向き合う――。」となっている。該当箇所は「二歩進み、相手と向き合う――（advance twice, set to partners―）」で、単純な誤植と思われるので、読みやすさを考えて改めた。菊池寛は晩年、社交ダンスに入れあげた。家で「クイック、クイック、スロー」と自主練に励んでいたが、体はずっと一定のテンポで動いていて、口では「クイック、クイック、スロー」、体は「スロー、スロー、スロー」と独特の軽快さを見せていたという。菊池の中で「海老の四組舞踏（クワドリール）」はどう再現されていたのか、気になるところだ。

159頁

＊わたしの尻尾（しっぽ）を踏みつける。

芥川・菊池訳は「少しの尻尾」となっていたが、原文（my tail）に即して「わたしの尻尾」に改めた。誤植と思われる。

160頁

＊「鱈は――いや、いやお前さんは、鱈を見たことがあるだろうねえ。」

この後から芥川・菊池訳最大の欠落箇所。本書でいうと8頁分がすっ飛ばされている。芥川・菊池訳の続きは168頁6行目「俺たち海老の四組舞踏（クワドリール）の、第二節をやろうか」から。

169頁

＊みごとなスープがたった二十銭　この二十銭の為にゃ何を惜しもう。

二十ペニーを「二十銭」と訳している。菊池は、自身が手掛ける『文藝春秋』の定価を一冊十銭に設定した。これは掛けうどん一杯の値段を参考にしたとされる（当時、ライバルの総合誌『中央公論』は、一冊八十銭だった）。

170頁　*「ば——んのスープ　みごとな、みごとなスープ」

“Star of the Evening（宵の明星）”というポピュラー・ソングのパロディとされる。「みごとなスープ」をみごとに歌いあげればあげるほど、「まがい海亀のスープ（Mock Turtle Soup）」が作られる残酷な運命が待ち受ける。

171頁　*饅頭

饅頭は、タルト（tart）の翻訳。第一章ではチェリー・タルト（Cherry-tart）が「桜桃の饅頭」と訳されており、タルトは今回と同じくお饅頭に変身を遂げている。とびきり美味しそうなお菓子が登場するシーンでは、当時の日本の子供たちに最も馴染み深かったであろう「お饅頭」と訳すことで、その至福の味わいを想像しやすくしたのかもしれない。

*お茶うけ

早くあの“refreshments”を配ってくれたら、というのが原文で、「お茶うけ」はピッタリな訳語である。

173頁

＊（口絵を見ると王様がどんな風な格好をしていたかわかりますよ）

対応する口絵がないためか、この括弧書きは芥川・菊池訳では省略されている。

＊でも、わざわざ「陪審官」なんて仰々しく言わないで、「陪審員」と言うだけでもよかったのですが。

この段落の最後の一文は、芥川・菊池訳にはない。“jurors”を「陪審官」、“juryman”を「陪審員」として無理やり訳出してみたが、日本と裁判の形式が違うため、芥川・菊池は不要と考えて省略したのだろう。

175頁

＊「では、評決を述べよ。」と王様は陪審官にいいました。

裁判が始まったばかりなのに王様が「評決を！（Consider your verdict）」と言い放って、白兎が慌ててしまう場面。日本は裁判が陪審員制ではないため、芥川・菊池の原訳では「君方の意見を述べてもらいたい」と字義通りに訳されている。原文にならって改めておいた。

176頁

＊何銭何厘

イギリスの旧通貨単位の「シリングとペンス（shilling and pence）」を銭・厘に対応させて訳している。二〇世紀後半に改正されるまで、イギリス通貨は十進法でなかったため、計算が複雑で、十二ペンス＝一シリング（十二進法）、二十シリング＝一ポンド（二十進法）であった。その点、日本は十厘＝一銭（十進法）、百銭＝一円（百進法）である。

177頁

＊「お前の証言(いいぶん)をいえ。」

「信頼できない語り手」が証言を言い連ねていく展開は、芥川の代表作『藪の中』を思い起こさせる。『藪の中』では主要人物三人の証言が食い違い、事件の謎が解けない。一方、不思議の国の住人たちはみな、どこかおかしなところがあるので、どちらがより〝迷〟裁判であるか、判断が難しい。

179頁

＊「無論、ちらちらはちの字から始まっている。」と王様は鋭くいいました。

「お茶のちらちらちら（twinkling of the tea）」というフレーズに、王様が「何がちらちら光っているのか（The twinkling of What?）」と食いつき、「お茶です（It began with the tea）」とお帽子屋が答えたのに対し、「tea」をアルファベットの「T」と聞き間違えた王様が「ちらちらは、もちろん「ち」の字から始まる（Of course twinkling begins with a T!）」と怒り出すくだり。

181頁

＊「お前は非常に哀れな話手(はなして)だよ。」と王様はいいました。

「わたしは哀れな者です（I'm a poor man）」と述べたお帽子屋に対して、「哀れな（poor）」を「話が拙い（poor）」と取り違えた王様が「お前は非常に下手糞な話し手だよ（You're a very poor speaker）」と返答している。

182頁

＊対質尋問(たいしつじんもん)

「反対尋問（cross-examine）」の意味。

188頁

＊「約二哩位はあるよ」と女王がいい足しました。

芥川・菊池訳では、王様と女王様の喋る順番が入れ替えられている。「わたし一哩（いちまいる）の背（せい）なんかないわ。」というアリスに対して、女王が「約二哩位はあるよ」と言い、「お前それ位ある」と王様が同意する。そのままでも本文は読めるが、原文に即して台詞の順序を正した。

189頁

＊囚人

この「囚人」は「被告人（the prisoner）」の意味で、ハートのジャックを指す。

＊「さあ、その男を打――」

芥川・菊池訳では、この“so, off with――”という台詞が訳されていない。訳し漏れか？と疑ってしまうが、実はこの台詞はルイス・キャロルが一八九七年につけ加えたもの。芥川・菊池訳は改訂前の一八六六年版をもとに翻訳を行なっていたようだ。ここでは現行流布している一八九七年版に基づき訳補を行った。

190頁

＊「これはちっとも証拠にならないでしょう。」とアリスは言いました。

アリスは体が大きくなるにつれ、勇気が溢れてくる。そもそもアリスは、第八章で打首にされそうなトランプ庭師三名（三枚）を助けるなど、義侠心が強い。法廷でハートのジャックが冤罪にされそうになっているのを見過ごすわけがない。ジャックが罪をなすりつけられていくさまや間違った判決を見かねて、人のために動こうとするアリスを見ていると、菊池寛の〝マント事件〟が思い起こされる。菊池寛は一高（現在の東京大学）で、最終学年に進級した春、寮友に頼まれて黒マント（一高のシンボル）を質に入れる。友人は受け取ったお金をデート代に使った。しかし後日、質入れしたマントが下級生のものだったとわかり、菊池は窃盗の容疑をかけられる。完全な冤罪なのだが、真犯人の寮友は、父親が教育者で、自分が罰せられるとその父親まで罷免されかねないと憔悴し、菊池は泣きじゃくる友人を見て罪を被ることを選ぶ。友人の成瀬正一や石原登らは事件の真相を知り、学長に直談判しにいくなど奔走するが、事態は覆らず、菊池は退学となる。その後、成瀬の父親から援助を受け、菊池は京大英文科に入りなおすが、都落ちの失望と孤独を味わい、生涯の一大事件となった。

192頁　**＊かつての吾々（われわれ）と同じく**

芥川・菊池訳は「吾々と同じく」とだけあったが、原文の「かつての（as we were）」を補った。またこの詩（手紙）のなかで、主語が「わたし」と「わし」で表記ゆれしていたため、「わし」に統一している。白兎が手紙を読みはじめる前、「法廷は水を打ったように静まり返りました（There was dead silence in the court.）」の文章も抜け落ちていたので訳補を行った。

194頁　**＊問題の紙**

原文の〝the paper〟の訳で、「問題の紙」つまり「詩（の意味）」を説明しようとする者は誰もいないといった意味。

198頁

＊『あの女が事件をせめてきたら』――女王のことに違いない。『お前はどうなることだろう』――そうだろうな。

芥川・菊池の原訳では『あの女が……』から「そうだろうな。」まで、四つのセンテンスがないので補った。ここも一八九七年版でキャロルが加筆した箇所。また、芥川・菊池訳では、この前後に引用されている詩の文言が、詩の本文と引用で、「わし」が「わたし」になったり、「に」が「には」になったりと、ところどころ異なっていた。より意味が通りやすい方に統一したが、芥川・菊池訳の方が、そそっかしい王さまの性格をより捉えていたかもしれない。

＊その夢というのはこうでした。

アリスが夢から覚めたあと、姉様が妹を見送るくだりは、芥川・菊池訳のなかでもひときわ印象深い。読者がアリスと一緒にくぐりぬけてきた摩訶不思議な夢物語が、現実世界と重なりあい、溶けあうことで、不思議の国と私たちのつながりを生き生きと感じさせてくれる。芥川・菊池訳の特徴の一つである擬音語や擬態語などのオノマトペがにぎやかに満ち響いている。最終段落、「やがて大人になっていく」妹を見つめる姉様の眼差しには、『小学生全集』を通して子供たちに上質な物語を贈ろうとした菊池や芥川の想いが重ねられていたに違いない。物語を愛するすべての人に届けたい見事な訳。

解説——本書の成り立ち

芥川龍之介・菊池寛共訳『アリス物語』は、『小學生全集』（興文社・文藝春秋社、全八十八巻）の第二十八巻として刊行されました。

『小學生全集』は、菊池寛と芥川龍之介の共同編集と広告に銘打たれたシリーズで、いわゆる円本ブーム（全巻予約制・毎月一円で配本）に後押しされたものです。一冊一円の本が喜ばれた時代にあって、『小學生全集』は「一冊タッタ三十五銭」をキャッチコピーに出版されました。そこには、まだ児童向けの読み物が十分に整っていなかった当時の日本にあって、あらゆる家庭の少年少女が豊かな読書体験を持てるように、という想いが込められていたようです。収録されたジャンルは文学だけでなく、歴史ものや科学読本と多岐にわたります。子供たちを飽きさせないよう、四色刷りの表紙や口絵がついていて、挿絵も豊富でした。

さて、『アリス物語』が刊行されたのは一九二七年十一月のことです。芥川が急逝したのが一九二七年七月二十四日。つまり、『アリス物語』は芥川の没後間もない時期に刊行されたのです。二人の「共訳」と銘打った理由について、菊池は『アリス物語』のなかで、「この『アリス物語』と『ピーターパン』とは、芥川龍之介氏の担任のもので、生前多少手をつけてくれたものを、僕があとを引き受けて、完成したものです。故人の記念のため、これと『ピーターパン』とは共訳と云うことにして置きました」と言っています。先行研究では、第一章から第七章までを芥川が、第八章以降を菊池が手掛けたとする説がありますが、楠山正雄訳『不思議の國』（一九二〇、家庭読物）を下敷きにして訳されていることもあって、どこからどこまでが芥川によるものなのか、いまだ決着はついていません。別の人物が下訳を行ったものを芥川や菊池が校正したという可能性もあります。全体を通してこの訳文は非常に格調高く、芥川や菊池の目を通ったものであることは確からしく思われます。芥川が生前に〝手をつけてくれた〟部分がどこなのか、探しながら読むのも一興でしょう。

訳文に脱落がある部分は訳補を行いましたが、できるだけ芥川・菊池訳の魅力を損なわないよう、工夫しながら訳語を選びました。原作の *Alice's Adventures in Wonderland* では版によって作者ルイス・キャロルによる加筆が施されています。『アリス物語』はその脱落箇所から、公式初版の一八六六年版に基づくテキストを使用していると考えられますが、訳補に当たってはキャロルが手を加えた最終版である一八九七年版を用いました。その際、楠山訳を中心に先行訳を参照しています。

『アリス物語』は、海野精光による口絵一点のほか、平澤文吉による表紙・裏表紙・挿絵十四点で彩られています。そのなかには、平澤によるオリジナルのものもあれば、マーガレット・タラントの影響が明らかに見てとれる絵もあります（千森幹子『表象のアリス』二〇一五、法政大学出版局に詳しい）。国立国会図書館デジタルコレクションで無償公開されている『アリス物語』の挿絵と本書に収録されているタラントの絵を比べてみるのも面白いかもしれません。

図1

図3

図4

図1　平澤オリジナルの『アリス物語』表紙
図2　平澤オリジナルの本扉
図3　平澤オリジナルの挿絵
図4　平澤による挿絵。本書44頁のタラントの挿絵からの影響が見てとれる。

文豪たちのアリス――〝お饅頭〟はどこからやって来た？

ハートの女王様が、夏の日一日かかって
お饅頭をつくりました。
ハートのジャックがそれを盗んで
もち逃げをしました。

『アリス物語』第十一章では、大事件が起こります。ハートの女王が丹精込めて作ったお饅頭が何者かに盗まれてしまうのです。ハートのジャックに嫌疑がかけられ、王様が判事をつとめる裁判が開かれます。女王様は始終「打首にしろ！」と金切声でわめきたて、ついにはアリス自身が証言台に立たされます――世界でもっとも有名な裁判の一つに数えてもいいかもしれません。

『アリス物語』を含む『小學生全集』は、同時期にアルス社が企画・販売した『日本児童文庫』（全七十六巻）と激しい広告合戦となり、非難の応酬の末、告訴事件にまで発展したことで有名です。両叢書は、その内容の充実ぶりより、裁判にまで至ったスキャンダルによって文学史に名を遺しているといっても過言ではありません。一部では、芥川龍之介の自殺の一因とも噂されました。

アルス社は、北原白秋の弟・鉄雄が代表をつとめる出版社で、白秋自身も『日本児童文庫』の企画に深く関わっていました。芥川にとって北原白秋は敬愛する作家の一人でした。あまり知られていませんが、芥川は文筆活動の初期に「柳川隆之介」というペンネームを用いています。これは白秋の『思ひ出』などに感銘を受けた芥川が、白秋の郷里である柳河と白秋の本名である隆吉にあやかって付けた筆名とされています。また、芥川はアルス社ともつながりが深く、芥川の第一短篇集『羅生門』は、アルス社の前身である阿蘭陀書房から出版されています。その恩義から、芥川はどれほど多忙であっても、アルス社（阿蘭陀書房）の執筆依頼だけは断らないようにしていたと言います。

こうしたなかで、芥川は親友である菊池寛と白秋およびアルス社との間で板挟みになっていきました。芥川はアルス社から『日本児童文庫』の一冊、『支那童話集』の担当を引き受けます。けれどそのとき、同じように児童を第一の読者とする『小學生全集』の構想を親友の菊池から聞かされてもいました。アルス社の依頼を持ってきた友人の佐藤春夫に対しては、『小學生全集』の編集責任は名前を貸しているだけだから、重々言い含んでくれと言付けていたそうです。というのも、芥川はその前年、『日本近代文藝読本』（全五巻、興文社）の編者をつとめ、百名を超す作家の作品から一大アンソロジーを編纂したのですが、掲載作家への許諾手続きが不十分だったことから、作家らの批判を浴びるという苦い経験をしていたのです。そこに来て、敬愛する作家と親友から、似たような企画に一枚噛んでくれ、と頼まれたのですから、気を揉んだのは言うまでもありません。芥川としては、穏便に事が進むようにアルス社に予め許しを請うたつもりでしたが、残念ながら事態は最悪の方向へと進んでいったのでした。『小學生全集』の企画は白秋の逆鱗にふれ、芥川自身も槍玉にあげられてしまいました。

『アリス物語』に関連して、芥川と白秋の関係に思いを馳せたくなるエピソードがもう一つあるので、ここで紹介したいと思います。『アリス物語』では、洋菓子が和菓子になったり、道具が日本のものになったり（「火かき棒」が「焼火箸」、「ガラス瓶」が「甕（かめ）」、「ティーカップ」が「茶呑茶碗」など）しますが、やはりなんと言っても「タルト」が「お饅頭」になっている点は見過ごせません。

そもそも『不思議の国のアリス』の第十一章と第十二章は、イギリスの童謡マザー・グースの一つ「ハートの女王（The Queen of Hearts）」になぞらえて創作されています。そのマザー・グースを、日本で初めてまとまった訳詩集として発表したのが、他ならぬ北原白秋でした（『まざあ・ぐうす』一九二一年、アルス社）。そのなかで、当該の童謡「ハアトの女王」の冒頭は次のように訳されています。

ハアトの女王がお饅頭を作られた。
夏の日いっぱいかァかった。
ハアトの兵士がお饅頭を盗んだ。
みんな持って逃げてった。

白秋訳『まざあ・ぐうす』は、英国の風物を日本の子供たちに聞きなじみのある、身近なものに置き換えながら訳していて、タルトを作っていたはずのハートの女王も「お饅頭」を作っていたことになっています。この『まざあ・ぐうす』は、白秋を敬愛していた芥川の目にも止まっていたはずです。『アリス物語』でも同じ訳語が使われているのは、偶然の一致でしょうか。アルス社との裁判沙汰の渦中で、白秋訳の「ハアトの女王」を意識しながら、芥川がお饅頭（タルト）をめぐる裁判のシーンに向き合っていたとしたら……つい、そんなシーンを想像してしまいます。

芥川とアリスの関連で、もう一つ紹介したいのが、芥川の「トランプの王（仮）」という作品（戯曲）です。生前に公に発表されたものではありませんが、『不思議の国のアリス』あるいは「ハートの女王」を明らかに意識したものです。一九二二年の暮れ、芥川の友人の一人、小穴隆一が脱疽のために入院し、その見舞いの訪問録（原稿用紙を束ねたもの）にかきつけてあった作品です。ちょうどクリスマスにあたる十二月二十五日の訪問でした。戯曲の中にはトランプの王様、女王様、兵卒が登場します。

小穴隆一、遠藤清兵エ、成瀬日吉の三氏に献ず。

時　千九百二十二年の耶蘇降誕祭

処　東京順天堂病院五十五室

患者一人ベッドに寝ている。看護婦一人病室へ入り来り、患者の眠り居るを見、毛布などを直したる後、又室外へ去る。

室内次第に暗くなる。

再び明るくなりしとき、病室の光景は変らざれど、室内の広さは旧に倍し、且窓外は糸杉、ゴシック風の寺などに雪のつもりし景色となり居る。此処にトランプのダイヤの王、女王、兵卒の三人、大いなる円卓のまはりに坐り居る。円卓の下に犬一匹。

ダイヤの王　ハアトの王はまだお出にならないのか？

ダイヤの女王　さっき馬車の音が致しましたから、もう此処へいらっしゃいましょう。

ダイヤの兵卒　ちょいと見て参りましょうか？

ダイヤの王　ああ、そうしてくれ。

ダイヤの兵卒去る。

ダイヤの女王　ハアトの王はわたしたちを計りごとにかけるのではございますま

いか？

ダイヤの王　そんな事はない。

ダイヤの女王　それでも日頃かたき同志ではございませんか？

ダイヤの王　今夜皆イエス様の御誕生を祝いに集るのだ。もし悪心などを抱く王があれば、その王はきっと罰せられるだろう。

ダイヤの兵卒帰って来る。

ダイヤの兵卒　皆様がいらっしゃいました。ハアトの王様も、スペイドの王様も、クラブの王様も、……

ダイヤの王　（立ち上りながら）さあ、どうかこちらへ。

ハアトの王、女王、兵卒、スペイドの王、女王、兵卒、クラブの王、女王、兵卒等、皆犬を一匹引きながら、続々病室へ入り来る。

残念ながら戯曲はここでお終いで、最後に「（未完）」と記されています。このとき、芥川が見舞った小穴は、右足を切断する大手術を受けることになり、芥川は二度の手術に立ち会っています。訪問録には友人らの見舞いの言葉や句などが寄せられるとともに、療養中の小穴の心情などが綴られ、クリスマス前日には、友人らがクリスマス飾りで病室を彩ってくれたことが報告されています。この未完の戯曲「トランプの王（仮）」には、クリスマスぐらい、敵味方もなく、仲良く愉快に過ごそうという想いが溢れています。

数年後、菊池寛と北原白秋の係争にまきこまれたときにも、芥川は、敵同士となってしまった二人が戯曲のように再び円卓を囲む日を夢見ていたに違いありません。

私個人のお気に入りの場面、『アリス物語』の第九章「まがい海亀の物語」についても、ここでふれておきたいと思います。海亀のスープが高価だったために開発された、「まがい」海亀スープをもじってルイス・キャロルが生みだした「まがい海亀」は、いつも哀しそうにしています。「彼の身に何があったの?」とアリスが尋ねると、グリフォンは「みんなぜんぶ、あいつの頭の中でしか起こってないことさ。悲しいことなんか、何ひとつ起こっていないのさ。」と教えてくれます。なんだか世の中の悩みの多くに当てはまりそうな、心に沁みる台詞です。悲しいことなんか、何ひとつ起こっていない。全部、あいつの頭のなかでしか起こってないことさ。……そんな優しい台詞を誰かが芥川にかけてくれていたら、と考えさせられる場面ですが、残念ながら芥川・菊池訳ではこの場面は翻訳されていません。もし当初の予定通り、芥川が翻訳に携わっていたら、ここをどう訳したのだろう、と思いながら翻訳にあたりました。

脱落や断絶があるからこそ、私たちはつい妄想を逞しくしてしまうのかもしれません。菊池寛は、芥川の晩年、座談会が終わって引き上げる車に乗ったところで、「異様な光」で自分を見つめる芥川に気がついたと言います。「ああ、芥川は僕と話したいのだな」と思いましたが、車が動き出していたのでそのままにしてしまいました。そして、それが今生の別れとなってしまったのです。あの時に、車を降りて話を聞いていたら……

「チラリと僕を見た彼の眼付きは、一生涯僕にとって、悔恨の種になるだろう」と菊池は述べています。菊池にとっても、芥川が遺していった『アリス物語』を刊行することは重要な仕事だったに違いありません。

それから、忘れてはいけない大切なことがもう一つ。菊池が校正の責任を持ったとはいえ、状況から考えると、芥川・菊池の訳には、下訳を行った名もなき翻訳者がいた可能性が高いでしょう。もしかすると、それも一人ではなく、二人、三人といたかもしれません。その方たちなくして、この『アリス物語』は日の目を見ることはなかったことでしょう。言い換えれば、芥川・菊池訳の間にある「・(ナカグロ)」こそが『アリス物語』の要だったとも言えます。代作や名義貸しがまかり通った時代に、その一端を担った菊池や文藝春秋社の体制を糾弾する声もあります。そうしたなかで、完全版として『アリス物語』をあらためて送り出すことにしたのは、今となっては名前が分からなくなってしまった翻訳者たちを含め、関わった人びとが作品と真摯に向き合って紡いだ言葉を現代の読者に届けたいと願ったからです。

さて、最後に『アリス物語』の原書である、ルイス・キャロルの『不思議の国のアリス』の成り立ちに触れておきたいと思います。すべては黄金に輝く午後から始まりました。ルイス・キャロルが、友人のダックワースと共に、クライスト・チャーチ学寮長の娘である三姉妹を連れてピクニックへ出かけたのは百五十年以上昔の一八六二年のことです。一行は手漕ぎボートに乗りこみ、穏やかなテムズ川をゆっくりと遡りました。その途上で、三姉妹からお話をせがまれ、ルイス・キャロルの口から溢れでた物語が『不思議の国のアリス』の始まりです。この日の物語にすっかり魅了された、三姉妹の次女アリス・リデルは、「きっと今日のお話をご本にしてね」と帰り際にねだったのです。その想いに応えて誕生したのが、世界にたった一冊の、アリス・リデルのために書かれた手書き本『地下の国のアリス』です。黄金に輝く夏の昼下がりから、二年四ヶ月あまり経ったころのことでした。ピクニックのときに十歳だったアリスは、ちょっぴり大人になって十二歳を迎えています。夢から覚めて、アリスが姉さまのところへ帰ってくるラストシーンは、おおむねこの時に完成したようで、アリスの年齢がピクニック当時の姉の年齢に追いついていることを考えると、ルイス・キャロルから成長したアリスへの想いが込められているのかもしれません。芥川・菊池訳でも、このシーンはひときわ鮮やかな印象が残る名訳で、菊池寛が『小學生全集』を読む子供たちに向けた実直な想いがにじみ出ている箇所なのではないでしょうか。

キャロルが『地下の国のアリス』をアリスにプレゼントした日からぴったり一年後、すべての子供たちが読めるように改稿され、出版されたのが、『不思議の国のアリス』に他なりません。『不思議の国のアリス』には「すべては黄金に輝く午後のことでした」から始まる有名な巻頭詩が附され、三姉妹と出かけたボートの上で、物語が生まれていく様子が描かれています。その詩は、次のような言葉で締めくくられています。

さあ　アリス！　きみにあげよう
　子どもじみているかも知れぬ　この話
子どもの頃の　夢の詰まった　奇しき記憶の帯飾り
　やさしいその手でその中に　そっと編み込み　しまってほしい
遠いかの地で摘みし花　その冠はしおれても
　巡礼の　想いは枯れずにあるごとく

（安井泉訳）

時が流れたのでみずみずしい色は失ってしまったけれど、想いは枯れずに残るように、幼いころの夢の詰まった神聖な場所にこの物語をそっと仕舞っておいておくれ、とキャロルは綴っています。本書もまた、読者の中で同様の宝物になればと思います。本書の巻頭に掲げた通り、「アリス物語は一つの夢」であると菊池は述べています。読んでいるうちに知らず知らず、「夢の国へつれて行ってしまう」物語です。芥川が最期にかかわった「アリス物語」という「夢物語」が、みなさまの「奇しき記憶の帯飾り」にそっと編み込まれますように。

澤西祐典

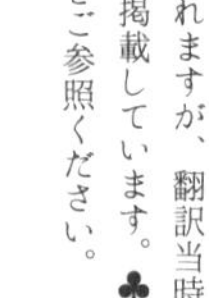

底本・表記について

本書はルイス・キャロル著、菊池寛・芥川龍之介共訳『アリス物語』（興文社・文藝春秋社、一九二七）を底本としています。本書では、なるべく原文を尊重しつつ、文字表記を読みやすいものにしました。♣原則として旧仮名遣いは新仮名遣いに、旧字体は新字体に改めました。♥底本は総ルビ表記でしたが、ルビは適宜省略しています。◆英単語のルビについては追記した箇所があります。♠誤字脱字などの明らかな誤りと思われる箇所は修正を施しました。♣底本には複数の表記揺れが見られましたが、できる限りそのまま掲載し、明らかな誤植と思われる箇所や読書の妨げとなると判断したものについては表記の統一を行いました。♥送り仮名については、現在の用法に改めました。ただし二字熟語など、当時の趣を感じられる一部の表記はそのまま掲載しています。◆英語原文とも照会し、改行箇所を原文に即して改めている場合があります。♠今日の社会通念や人権意識に照らして、不当・不適切と思われる語句や差別的表現が含まれますが、翻訳当時の時代背景と資料的意義を考慮し、底本のまま掲載しています。♣訳補の方針については「はじめに」および「解説」をご参照ください。

主要参考文献一覧

・Carroll, Lewis. *Alice in Wonderland with 48 Coloured Plates by Margaret W. Tarrant.* London and Melbourne: Ward Lock & Co, 1916
・Carroll, Lewis. *Alice in Wonderland with 24 Colour Plates by Margaret W. Tarrant.* London and Melbourne: Ward Lock & Co, 1924
・Chimori, Mikiko. "*Images of Alice: Japanese Perceptions of Western Interpretations, Arthur Rackham, Tarrant and Tenniel,*" *The Journal of the Arthur Rackham Society*, vol.33, 2001
・ルイス・キャロル著、安井泉訳・注『対訳・注解 不思議の国のアリス』研究社、二〇一七
・庄司達也「『訪問録』翻刻 小穴隆一旧蔵資料紹介」、『芥川龍之介研究年誌』創刊号、二〇〇七
・庄司達也編『芥川龍之介ハンドブック』翰林書房、二〇一五
・関口安義編『芥川龍之介新辞典』翰林書房、二〇〇三
・羽鳥徹哉・布川純子監修『現代のバイブル――芥川龍之介「河童」注解』勉誠出版、二〇〇七
・武藤清吾『芥川龍之介編『近代日本文芸読本』と「国語」教科書 教養実践の軌跡』溪水社、二〇一一
・井上ひさし『菊池寛の仕事』ネスコ、一九九九
・菊池夏樹『菊池寛急逝の夜』中公文庫、二〇一二
・中西靖忠「菊池寛と児童文学」、『高松短期大学研究紀要』第十二号、一九八二
・村松梢風『芥川と菊池 近世名勝負物語』文藝春秋新社、一九五六
・大西小生『「アリス物語」「黒姫物語」とその周辺』ネガ！スタジオ、二〇〇七
・木下信一「菊池寛・芥川龍之介共訳『アリス物語』の謎」、『Mischmasch』第十号、二〇〇八
・楠本君恵『翻訳の国の「アリス」』未知谷、二〇〇一
・千森幹子『表象のアリス』法政大学出版局、二〇一五
・千森幹子編『不思議の国のアリス～明治・大正・昭和初期邦訳本復刻集成』全四巻、エディション・シナプス、二〇〇九
・夏目康子「菊池寛・芥川龍之介は『不思議の国のアリス』をどう訳したか」、『Otsuma Review』第五十三号、二〇二〇
・原昌「『二つのアリス』、日本での受容史」、『「不思議の国のアリス」展』アプトインターナショナル、一九九三
・紀田順一郎『内容見本にみる出版昭和史』本の雑誌社、一九九二
・出久根達郎「『本卦還りの本と卦』一一〇 小学生全集」、『日本古書通信』第一〇四二号、二〇一六
・宮川健郎・久米依子・藤本恵・和田敦彦「［共同研究報告］『小学生全集』の世界観」、『日本近代文学』第七十八号、二〇〇八

♥ルイス・キャロル（一八三二―一八九八）

イギリスの作家、詩人、数学者、論理学者、写真家。イングランド北西部チェシャー州で牧師の長男として生まれる。本名はチャールズ・ラトウィッジ・ドッドソン。作家として活動する際にルイス・キャロルのペンネームを用いた。『不思議の国のアリス』『鏡の国のアリス』のほか、『スナーク狩り』『シルヴィーとブルーノ』など、数多くの作品を執筆。チャールズ・ドッドソンとしても数学や論理学の著作を多数遺した。

＊『不思議の国のアリス』について

一八六五年刊行の『不思議の国のアリス』は、キャロルが知人の少女アリス・リデルのために即興でつくって聞かせた物語がもとになっている。本書には多数のナンセンスな言葉遊びが含まれており、作中に挿入される詩や童謡の多くは当時よく知られていた教訓詩や流行歌のパロディとなっている。また、「かばん語」として知られている複数の語からなる造語など、さまざまな実験的手法を用いた。

イギリスの児童文学を支配していた教訓主義から児童書を解放したとして文学史上、確固とした地位を築いているだけでなく、聖書やシェイクスピアに次ぐといわれるほど多数の言語に翻訳され、引用や言及の対象となっている作品である。

♥芥川龍之介（一八九二―一九二七）

小説家。『羅生門』『鼻』『藪の中』『河童』などの作品が広く知られている。『蜘蛛の糸』『杜子春』といった児童向けの短篇も執筆。英文科を出た芥川は、古今東西の文学作品を読み漁り、自身の創作の糧とした。一九二七年七月二十四日、「ぼんやりした不安」という言葉を遺して服毒自殺し、社会に大きな衝撃を与えた。死の八年後、親友で文藝春秋社主の菊池寛が、新人文学賞「芥川龍之介賞」（芥川賞）を設けた。芥川賞は直木賞と共に日本でもっとも有名な文学賞として現在まで続いている。

♥菊池 寛（一八八八―一九四八）

小説家、劇作家、ジャーナリスト。実業家としても文藝春秋社を興し、芥川賞、直木賞、菊池寛賞の創設に携わる。同人誌で発表した戯曲『父帰る』が舞台化をきっかけに絶賛され、以後本作は菊池寛を代表する作品となった。その後、面白さと平易さを重視した新聞小説『真珠夫人』などが成功をおさめる一方で、鋭いジャーナリスト感覚から一九二三年「文藝春秋」を創刊。文芸家協会会長等を務め、〝文壇の大御所〟と呼ばれた。

♥澤西祐典（さわにし・ゆうてん）

一九八六年生まれ。小説家、研究者。京都大学大学院人間・環境学研究科博士後期課程修了。編訳に『芥川龍之介選 英米怪異・幻想譚』（柴田元幸氏との共編訳）、小説に『フラミンゴの村』（第三十五回すばる文学賞）、『文字の消息』、『雨とカラス』などがある。短篇「砂糖で満ちてゆく」は英語訳が、芥川や谷崎潤一郎、三島由紀夫、津島佑子らと並んでジェイ・ルービン編 "The Penguin Book of Japanese Short Stories"（村上春樹序文・Penguin Classics）に採録されるなど、国際的にも評価されている。研究者としての専門は芥川龍之介。国際芥川龍之介学会会員、日本ルイス・キャロル協会会員。龍谷大学国際学部講師。

＊芥川龍之介・菊池寛共訳『アリス物語』の研究を進めるにあたってはＪＳＰＳ科研費JP19K13080の助成を受けた。ここに記して感謝する。

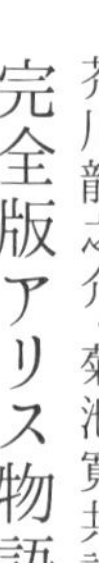

芥川龍之介・菊池寛共訳
完全版アリス物語

2023年2月25日 初版第1刷発行
2024年6月25日 初版第4刷発行

著者 ルイス・キャロル
訳者 芥川龍之介、菊池寛
訳補・注解 澤西祐典
発行者 津田淳子
発行所 株式会社グラフィック社
〒102-0073 東京都千代田区九段北1-14-17
TEL 03-3263-4318
FAX 03-3263-5297
https://www.graphicsha.co.jp

印刷・製本 図書印刷株式会社

定価はカバーに表示してあります。

乱丁・落丁本は、小社業務部宛にお送りください。小社送料負担にてお取り替え致します。

本書のコピー、スキャン、デジタル化等の無断複製は著作権法上の例外を除き禁じられています。本書を代行業者等の第三者に依頼してスキャンやデジタル化することは、たとえ個人や家庭内での利用であっても著作権法上認められておりません。

ISBN978-4-7661-3597-8 C0097
Printed in Japan